浙江少年文学新星丛书·第八辑
海 飞 主编

童真年代

少年行 著

浙江工商大学出版社
ZHEJIANG GONGSHANG UNIVERSITY PRESS
·杭州·

图书在版编目(CIP)数据

童真年代 / 少年行著. —杭州:浙江工商大学出版社,2022.1
(浙江少年文学新星丛书 / 海飞主编. 第八辑)
ISBN 978-7-5178-4799-1

Ⅰ. ①童… Ⅱ. ①少… Ⅲ. ①作文—中小学—选集 Ⅳ. ①H194.5

中国版本图书馆 CIP 数据核字(2022)第003129号

童真年代
TONGZHEN NIANDAI

少年行 著

责任编辑	沈明珠
责任校对	张春琴
封面设计	浙信文化
责任印制	包建辉
出版发行	浙江工商大学出版社
	(杭州市教工路198号　邮政编码310012)
	(E-mail:zjgsupress@163.com)
	(网址:http://www.zjgsupress.com)
	电话:0571-88904980,88831806(传真)
排　　版	杭州朝曦图文设计有限公司
印　　刷	杭州高腾印务有限公司
开　　本	880mm×1230mm　1/32
印　　张	69
字　　数	1056千
版 印 次	2022年1月第1版　2022年1月第1次印刷
书　　号	ISBN 978-7-5178-4799-1
定　　价	448.80元(全九册)

个人简介

金子雯，就读于浙江省绍兴市塔山中心小学六年级，是一名少先队员，性格开朗大方、活泼好动，喜欢用习作记录生活中的种种有趣、精彩的小事，先后十余次在全国作文大赛中获奖。文笔清新自然，擅长细致入微地刻画人物、事物，把平凡的生活写得很生动。从小学习绘画和中国舞，舞蹈基本功扎实。梦想通过写作、绘画、舞蹈、琴声来传播自己乐观向上的正能量。相信坚持不懈的努力与辛勤付出的汗水，终会结成胜利的果实。

金子雯

2019年暑假海边游

2019年夏与鲁迅画像合影

2020年和妹妹门口玩琴

2020年日常练琴

2020年日常练舞

2021年春公园玩烟花

2021 年春新华书店

2021 年夏科技馆

绘画作品 1

绘画作品 2

个人简介

丛明睿,就读于浙江省绍兴市北海小学六年级,担任学校大队长、班长等职务。是一个自信、阳光、活泼的男孩,尊敬师长,勤奋上进,善于学习,有团队精神。成绩优秀,爱好广泛,喜欢沉浸在阅读的海洋中,喜欢激情四射的架子鼓,喜欢在绿茵场上酣畅淋漓地踢足球……将"尽最大的努力,做最好的自己"作为座右铭,努力攀登学习的高峰,没有最好只有更好,希望能实现自己的梦想,抵达理想的彼岸!

北京王府井

畅游柯岩

华山玩雪

春寒赐浴华清池

激情四射

香港迪斯尼

静心沉淀

我心飞翔

青岛印象

长滩岛落日

个人简介

　　高涵芮，就读于浙江省绍兴市塔山中心小学六年级，一个12岁的双鱼座女孩儿。喜欢阅读、书法、游泳等，性格文静。一到五年级都是免考生和五星级学生，还在塔山小学"童创节"环保诗歌故事比赛中荣获五年级组三等奖。书法作品荣获2021年越城区"笔墨中国"汉字书写大赛一等奖，作文《单手剥鸡蛋》荣获第十四届全国青少年冰心文学大赛一等奖，等等。

高涵芮

大禹陵

洱海岸边

高尔夫球场

红色基地

西湖

新昌大佛寺

泸沽湖

长江三峡

书圣故里

永和九年歲在癸丑暮春之初會於會稽山陰之蘭亭脩禊事也羣賢畢至少長咸集此地有崇山峻領茂林脩竹又有清流激湍暎帶左右引以為流觴曲水列坐其次

高涵芮十一歲書

书法作品——兰亭序(节选)

个人简介

陈思妤，就读于浙江省绍兴市鲁迅小学六年级，一个开朗活泼的女生。节假日喜欢去各种游乐场玩，过山车、旋转木马都是最爱；也喜欢出去旅游，领略祖国的大好河山；闲暇时，喜欢在书海里遨游，用知识充实自己。多次在全国青少年冰心文学大赛、小学生课内作文大赛、鲁迅青少年文学奖等大赛中获得一、二、三等奖，并有多篇作品在《作文新天地》和《新作文》上发表。"书山有路勤为径，学海无涯苦作舟"，一次次努力，才能尽快登上成功的彼岸，加油！

陈思妤

2019年4月运动会

2019年6月竹筏戏水

2019 年 8 月在颐和园

2019 年 8 月长城脚下

2021 年 3 月作画中

2019 年 12 月柯岩

2021年5月良渚

2021年4月黄酒小镇

水彩作品

素描作品

个人简介

周宜恺,就读于浙江省绍兴市塔山小学六年级。兴趣广泛,乐器、画画、科技制作等都在市里得过奖,但最喜欢的是看书。从小就对绘本特别痴迷,从自然科学到天文知识,从故事小说到历史读本,都是周宜恺的最爱。阅读,开阔了眼界,更提高了写作水平,平时试着写写小文章,去报社里投投稿。还喜欢参加公益活动,发动班里同学,组织了一场规模不小的"爱心义卖"活动,用义卖所得的钱,买好了多书寄给结对的四川马边贫困山区的孩子。与遥远的同学们一起分享好书,是件特别幸福的事。

周宜愷

我也跑个马拉松，可是这速度比不上兔子

科技小制作现场

家里书架上的书是我的最爱

军训打靶

秋冬是爬山的好时节，故乡的山很秀美

攀岩成功到顶，确实有一
种"一览众山小"的感觉

探寻浙东唐诗之路

探访火山柱状节理岩

我的丹青之笔

朱熹讲学处——鹿门书院

总　序
见字如你

斯巴福德在《小书痴》中写道，"有时候，一本书进入我们恰好准备好的心灵，就像一颗籽晶落入过饱和溶液中，忽然间，我们就变了。"而现在，在我们眼前展现的，是一群优秀的少年写作者的作品，稚嫩中有才华，笨拙中见灵性。

一本书，一本由孩子自己创作的书，给予我们更多的思考。文学创作本身具备的魅力正悄悄随着童年、少年、青年的自然生长期而萌芽、生长、繁衍。这种全新的生活体验，正与他们文字成长的速度同步记录和保存。我们感动于他们钟爱文学的热情，体察出他们因大量阅读文学作品而心灵丰盈、下笔生风，而由写作生发出的那种源自内心和诉诸稚嫩笔端的气息，更让我们为之动容和珍惜。真的，没有一个孩子的生活是一样的，哪怕写同一篇文章，也会有不一样的内容。《发现·世界》的作者周昊梵，在记录旅

游时的见闻、和父母的亲子互动、校园难忘的经历以及对文学的思考中，就描绘了一个个美好而珍贵的周式童年缩影。但热爱文学，喜欢写作的孩子有一样是相同的，心怀美好，传递美好，想象美好，创造美好，生活和世界，均在此列。所以当一名中学生独自去到异国他乡，文学创作依然是她同行的挚友，徜徉于东西方文化碰撞下的生活环境，写下了记录留学生活的《一路行走一路歌》。"虽说世界庞大，却仍想在这纷扰喧嚣的人群中留下些许痕迹；即使文字稚嫩，也依旧想用真性情，执笔墨书写真我。"这是一直没有停下书写文字步伐的一然，作品第二次入选"浙江少年文学新星丛书"后，对文学最倾心的表白。

　　入选《浙江少年文学新星丛书·第八辑》的共15部作品，从内容来看，有纪实小说、国外留学生活记、个人生活旅行记、研学手记、语文单元习作的升级作品、小故事等。这些融合生活和学习故事的习作集，以校园故事、身边的人和事、父辈的追求、中国梦四大主题为主的年代感极强的作品、初具雏形的小说，让你看到一个同样的世界里不一样的心灵感悟。用文字记录生活，并没有写成流水账；想象性作品在现实基础上的对于这个世界的感知与想象既大胆又具有创新性；记录童年生活里的点点滴滴，有情怀有故事有功底，叙述平淡里有曲折，引用典故而能深发意味；习作有向作品的美好过渡和提升，有模仿痕迹但也有不同的见解。文章亦庄亦谐，亦古亦白，语言精雕洗濯也有童真童趣；抒情大胆而细腻，感情恰到好处，收放自如，转折与衔接处也有刻意与盈润的笔触。比如同样是因为文学征文比赛而钟情写作的南皓仁、吕可欣，作品有各自不同的特色：南皓仁的作品《不规则图形》包含了多种文体，题材丰富多彩、文字成熟老练、想象力丰富；吕可欣在写作《春曦》时是用她的童眼去观察这个世界，用童心去感受身边的人和事，用童言来抒写她的感受。这里面有童真，童趣，有温暖人心的文字，更有来自灵魂的拷问。他们介入世界与生活的脚步有点快，又看得出有认真充足的准备，字如其人，是真的。少年的你，多少年后，你自己来读一读，还是全新的一个自我。真好！

　　我常常在想，到底是怎样的初衷，能让十几岁的少年，安静地将成长的行程一字不差地记录和感喟。他们所写的生活，有春夏秋冬里细心观察的所感所悟，有现代时尚生活的体验，有在长辈回忆的生活里的感叹和想象中天马行空的生活，最神奇的是，一个小物件都能写出各种不同的故事。少年行的《童真年代》一帧帧都是孩子们纯洁的

童真年代的真实写照，是一曲曲质朴无华的童年之歌。桐月六小童的《彩色的天穹》里有孩子们处在乡村与城市之间的最真实的心灵写照与思考。《时光里》"镌刻"着时光少年的烂漫友谊和温馨童年的美好印记。《行走的哲思》里湖畔四少为我们分享了研学中的所见所闻、所言所行、所思所想，既有深入的对历史的剖析，又有对自然的观察与探索，文笔恣意洒然，未来可期。两三点雨山前用文字记录了她们生命中最初的美好，也记录了她们生命中最初的思考。短短的篇幅，回味绵长，或许真的能品出《时光的味道》。读《素心之履》你能欣赏到江南水墨长卷般的书生意气，乌镇、南浔、西塘……搂着这样的小镇，感受日日夜夜的人文沉淀的浑厚，那不是一场旧梦，是俗世烟火气息下一个个真实的自我。七八个星天外，以文字采撷遥不可及的历史，呈现的却是眼前的幸福与美好。

　　写作有起点，有创作方向，有个人的审美追求和价值观。当你的创作代表了人类社会大众的普遍方向，当你虚构的世界引起了人们的关注，当你描述的真实在隐喻和暗藏中悄悄生长，当你的文字，代表了一种生命物质……你会发现，很多事物都不一样了。生在杭州，长于钱塘的梁熙得，以一部《鼹鼠先生的春日列车》，将脑海里的奇思妙想，让人眼前一亮的妙笔生花全部装载。"以梦为马，路在前方。以写为乐，自由畅想。海豹，它有一片海洋。"这是多么自信的童年宣言！诸葛子誉的纪实型小说《稚拙的日子》用真实的笔触，写下了生活的经历和对生活的简单观感，勾画了一个稚拙有趣的童年。徐诗琪在《冒傻气的小红鼠》中更是塑造出了一个个性强，爱出风头，同时也富有正义感和责任感的孩子形象。樊雨桐写的城市女孩则个性独特，惹出一些啼笑皆非的事情，由此有了一段不一样的童年，细细感受《不一样的童年》，你也许会找到你童年里的不同和相似。小作者们在创作道路上的探索和追求，着实引人感动。

宙斯为了在广阔的宇宙中创造人类，与普罗米修斯进行了艰难的旅程。他们寻找黏土的途径到现在还是众说纷纭：有人说，他们是从色雷斯草原一路东行到小亚细亚，最后在位于底格里斯河与幼发拉底河之间的丰饶之地找到黏土；也有人振振有词，表示他们是南渡尼罗河，穿越赤道，最终在东非得偿所愿。不管经过怎样的跋涉和攀登，最后宙斯决定让雅典娜轻吹一口气，赐予这些成型的泥人生命。在时代的洪流里，我们坚持做这套丛书八年，其间的过程百转千回，在网络科技发达的今天，希望我们的坚

持加上你们赋予这项事业的灵气给予我们追寻文学持久生命力的源泉。

有的作家，他写的作品就如一辈子精心于一类特殊工艺的手艺人一样，作品中有一种固定的地理，一种永远不变的时段，一直让人感觉是在童年时期。而青少年儿童自己创作的作品，并没有定型，但你也能看到很多类型、方向、文本的雏形，他们在模仿、在创造，也在改变，更在颠覆。不难发现，在阅读，无论电子书还是纸质书阅读，越来越快地改变人们的同时，读同龄人的书，由自己写出一本书已然成为一种趋势，曾经的少年不再是那一群只知道玩滑板、打篮球的小孩，也不再是抱着芭比、沉浸于cosplay、穿着洛丽塔的少女，他们正在以成年人的视角和语感诉说和表达对这个世界的看法和诉求。就像赵蕴桦在《灼灼其华》中所说："我的作家梦，是从阅读开始的，阅读更广泛，更深入，写作热情就持续高涨。我期盼每个周末和暑假的来临，那样我可以走更远的路，赏更美的风景，考察更深厚的人文底蕴。我的作品是我小学毕业的纪念，未来，我期待着成为真正的作家！"如果你想了解少年们在想什么，最好的办法也许就是看看他们写下了怎样的世界，和对世界万物的看法。那些无法言说的都借助文字来喷薄，借由这个口子,架构了我们与他们之间的桥梁,希望,真诚的心灵交流与沟通,从此变得容易。

世界本来就很美,我们想方设法带给这些御风的少年一个美好的世界,而在他们眼中,美好的世界可以由自己界定,由写作与这个世界建立最好的联系,由此在成长的道路上哺育出更美丽的生命之花,何其有幸!见字如你!

向所有看到这些文字的大人和孩子,致敬你们曾经以文字和写作创造的美好快乐的童年及世界!

海飞

2021 年 12 月

序

这本作文集，收录了五位同学四年级和五年级时所作的习作，文字虽然稚嫩，却是孩子们纯洁的童心的真实写照，飘扬的思绪，质朴的文字，可爱的情愫，抒写着一曲曲质朴无华的童年之歌。

稳重的子雯，她以超过同龄人的成熟，记录下感人的成长故事；自信的明睿，她笔下的故事充满了正能量，一个自信满满的少年跃然纸上；恬静的涵芮，她的文字充满了想象力，细节描写清新出彩；灵动的思好，描述的情节生动逼真，闪耀着美好的光芒；活跃的宜恺，他的文字像一个个跳跃的音符，奏响了一曲曲欢乐的歌谣……

阅读这些文字，那细腻的笔触，丰沛的情感便会扑面而来，字里行间洋溢着孩子们对生活的热爱，对未来的憧憬，甚至有对现象的反思和评判。孩子们的童真童趣，如清水般澄澈，如蓝天般高雅，如修竹般挺拔，用心触摸这些

文字，我们能真切地感受到他们的笔下自然流淌的对真、善、美的追求，我们的心灵似乎也受到了荡涤。

许多年后，相信孩子们在翻阅这本书时，一定会想起童年时代最值得怀念的故事，它们是那么珍贵而隽永。"长风破浪会有时，直挂云帆济沧海。"希望文学能以积极的力量，一直鼓励着你们勇攀高峰，顺利抵达梦想的彼岸！

张悦耳

2021年8月10日

目　录

金子雯

四年级 ·······································3

　迪士尼一日游 ······························3

　秋天的色彩 ······························6

　乐于助人——读《魔女宅急便》有感 ·······8

　我来到了环保星 ··························10

　想起这件事情,我就会回味无穷 ·········13

　感人的背影 ······························15

　钓鱼记 ·································17

　那一次,我真后悔 ·······················19

　青岛沙滩 ·····························21

五年级 ··23

　邻里情 ································23

夏声 •• 25

善良与同情心——读《城南旧事》有感 ••••••••••• 27

得到全班第一之后 •••••••••••••••••••••••••• 29

心有灵犀一点通——观《唐人街探案 3》有感 ••••••• 31

蒙蒙春雨 •••••••••••••••••••••••••••••••• 33

舞蹈伴我成长 •••••••••••••••••••••••••••• 35

老 家 •••••••••••••••••••••••••••••••••• 37

服务他人的人并不低贱 •••••••••••••••••••••• 39

偏 心 •••••••••••••••••••••••••••••••••• 41

丛明睿

四年级 •••••••••••••••••••••••••••••••••• 45

急性子外婆 •••••••••••••••••••••••••••••• 45

如果时间可以飞逝 •••••••••••••••••••••••••• 47

我来到了"名人"星 •••••••••••••••••••••••••• 49

西瓜滚逃记 •••••••••••••••••••••••••••••• 51

妈妈,我想对您说 •••••••••••••••••••••••••• 53

情绪自控——读《爱哭鬼小隼》有感 ••••••••••••• 55

天然山水画 •••••••••••••••••••••••••••••• 57

我的自画像 •••••••••••••••••••••••••••••• 59

最美逆行人 •••••••••••••••••••••••••••••• 61

五年级 ·······································63

二十年后回家乡 ·······················63

"漫画"老师 ·······························65

人可以被毁灭，但不能被打败 ·······67

夏之声 ···································69

这个暑假真高兴 ·······················71

不幸中的奇迹——读《驭风少年》有感 ·······73

雷　雨 ···································75

家在中国 ·································77

时光匆匆 ·································79

重温童年 ·································81

高涵芮

四年级 ·······································85

精彩的跑步比赛 ·······················85

爸爸妈妈，我想对你们说 ···········87

含羞草的启示 ···························89

疲倦的背影 ·····························91

小老鼠玩偶 ·····························93

如果时间可以倒流 ···················95

赏菊花 ···································97

秋天的景色 ·····························99

吃西瓜大赛 ……………………………………… 101

五年级 ………………………………………………… 103

善良与纯真——读《海蒂》有感 ……………… 103

这个暑假真快乐 …………………………………… 105

秋天的菊园 ………………………………………… 107

调皮鬼 ……………………………………………… 109

一份坚强的答卷 …………………………………… 111

得到礼物之后 ……………………………………… 113

善良与勇敢——读《王子与贫儿》有感 ……… 115

雨中景 ……………………………………………… 117

家乡的味道 ………………………………………… 119

生命中最重要的人 ………………………………… 121

陈思妤

四年级 ………………………………………………… 125

秋天的旅行 ………………………………………… 125

我的画家梦 ………………………………………… 127

儿时记忆 …………………………………………… 129

劳动是一次成长 …………………………………… 131

给"汤圆"画张像 ………………………………… 133

小小"动物园" …………………………………… 135

调皮的表妹 ………………………………………… 137

熟悉的背影 ……………………………………………… 139

落后就要挨打——读《地球的故事》有感 ………… 141

太阳跟着我 ……………………………………………… 143

那条河 ………………………………………………… 145

五年级 ………………………………………………… 147

夏　语 ………………………………………………… 147

诚实与虚假——读《中外民间故事》之《捧空花盆的孩
子》有感 ……………………………………………… 149

一个坚持的故事 ……………………………………… 151

记忆深处的礼物 ……………………………………… 153

学会宽容——读《红楼梦》有感 …………………… 155

四季的雨 ……………………………………………… 157

我爱我家 ……………………………………………… 159

都市夜景 ……………………………………………… 161

周宜恺

四年级 ………………………………………………… 165

飞翔的梦 ……………………………………………… 165

小刀、菜刀和砍刀 …………………………………… 167

勇敢胜于一切——读《杨家将》有感 ……………… 169

我尝到了第一名的滋味 ……………………………… 171

秋菊之美 ……………………………………………… 173

童真年代

我来到了海王星 ……………………………………175

第一次做蛋羹 ……………………………………178

若耶溪的春天 ……………………………………180

可爱的背影 ………………………………………182

五年级 …………………………………………184

夏天的声音 ………………………………………184

这个暑假真有趣 …………………………………186

每人都会犯错——读《林汉达的历史》有感 ………188

"火暴辣椒"同桌 …………………………………190

诚信的答卷 ………………………………………192

得到不该得到的东西之后 ………………………194

骄兵必败——读《三国演义·败走麦城》有感 ……196

团结的家 …………………………………………198

夏天的雨 …………………………………………200

石头的哀歌 ………………………………………202

金子雯

迪士尼一日游

"妈妈,带我去上海迪士尼玩好不好?"妹妹带着撒娇的语气对妈妈说。大家都知道,我妹妹对迪士尼一见钟情,虽然只是因为广告。她也常常埋怨妈妈带我去过香港迪士尼,却不曾带她去过任何一家迪士尼。于是,妈妈决定在暑期带我们和邻居一起去迪士尼,圆我妹妹的心愿。

我们是前一天下午出发的,晚上到了那儿,吃了点儿东西,早早睡了,是因为我们要养足精神,为明天的活动做好充分准备。

"啊,人可真多,一望无际,人山人海,看来我们来的时间还是有些迟。"我自言自语。时间已将近八点,大家在弯弯曲曲的通道中穿梭着,谁也没有停歇。我们就这样走着到了园区内,我忍不住说了一声:"这好像过了一个世纪。"但此时才九点。

熬过了漫长的等待,我们又急匆匆地奔向第一个必玩项目——雷鸣山漂流。一眼望去,那里堵得水泄不通,队伍一定要排很久。但为了此行没有遗憾,我们还是排了进去。一个小时,两个小时,三个小时,我终于排到了最前面的位置。我不经意地看了一眼旁边的提示牌:"温馨提示:穿雨衣或者湿淋淋。"这么热的天,谁不想要淋个痛快呢!我们坐上充气船,船开始慢慢移动,我们的漂流旅程就开始了。船开始撞上岸边的石头,一摇一晃,溅起一阵阵浪花,我们被冲进了一个伸手不见五指的黑洞里。这里黑得让我不敢睁开眼睛,我尝试眯着眼睛,隐隐约约看到了一头三角龙和一条食人鱼,我害怕得大叫了一声。湍急的水流不断拍打着石头,掩盖了我的尖叫声。我紧闭双眼,听见了恐龙的叫声,这让我胆战心惊。终于出了黑洞,我们又在礁石之间撞来撞去,然后慢慢上了一座桥,又急速下坡,一大朵水花,把我们的衣服打湿。可我却"幸免于难",大概是好运眷顾了我。

除了漂流,还有另外一些项目,让我印象最深刻的就是急速光轮了。

急速光轮和过山车一样,都是有轨道的游玩项目,但它比过山车快很多。要是去排队,你一点儿也不会觉得漫长,因为你要为此做好一切心理准备。而且你会发现为此等待的人并不多,我猜是许多人不敢玩吧!它的形状有点像摩托车,不过背上和腿上都会有安全防护措施,你不用怕摔下来。开始会有四盏亮着的灯,灯闪五下后你就会急速冲出去,可刺激了。你首先在室外转一个大圆圈,然后到室内继续冲刺。室内漆黑一团,但有八扇亮着的门,经过这些,才能完成游戏。有时我们会急速往下冲,心还在上面,人已经在下面了;有时,会转一个大圈圈;有时,会往上冲。全程惊心动魄,使人热血沸腾,久久不能平静。

　　迪士尼是小朋友们心中的梦想,也是游乐最好的去处。

秋天的色彩

　　春天,百花争艳;夏天,树木苍翠;秋天,橙黄橘绿;冬天,白雪皑皑。在这之中,我最爱秋天。虽然它比不上春天的艳丽、夏天的清新和冬天的寂静,但是它有别样的奇妙色彩。

　　红色,是秋的伙伴。瞧,那小树林里的树木,从碧绿变化为火红,就像一位姑娘上了妆。枫树上了红颜,比平时更加美丽。它的叶片像一枚枚邮票,五个尖尖的角儿上带着小刺,仿佛一位勇敢的战士抵抗着秋霜的寒冷。远远望去,小小的红枫叶在空中一起跳着华尔兹,优雅地在空中飞舞,随之便是一个完美的落幕。一排排枫树使林间小道上铺满了红叶,让大地穿上了红棉袄。那一个个露着笑脸的红果子是谁?对了,是苹果。它们你推我挤,想霸占最好的采摘位置,让主人得到劳动的果实。它们的红皮衣上带着斑点,像天真烂漫的孩子们脸上的雀斑,使它更加惹人喜爱。苹果娃娃总喜欢挺着大肚子,让别人觉得它才是最甜、最香、最多汁的好果子。

　　黄色,是秋的朋友。看,校园门口的那条小道上,满是黄灿灿的梧桐树。每天上学，我都要捡一片最好最完整的梧桐叶，夹在书里，作为秋天独特的书签。叶子就像一个个小手掌，在风中向我们招手，仿佛已经在此等候我很久了。有时候，天刚下了一场雨，梧桐叶上就会藏着一颗颗晶莹透亮的水珠，它们像是每一片叶子的宝贝，被挂在怀里。除此之外，还有一种橘黄色点缀着秋天的画卷。我家院子里有一棵橘子树，每到秋天，金灿灿的橘子就会挂在树上，如同一个个黄色的灯。它们都是成串生长的，五六个拥成一团。我在家中看书时，时常能闻到橘子的清香。

蓝色，是秋天的搭档。这种自然的颜色是天空的。云朵随着秋风在空中飘荡，仿佛一条条鱼儿在大海里自由自在地游来游去。

秋天的色彩是多种多样的，它的色彩独具魅力，使人心旷神怡。

乐于助人

——读《魔女宅急便》有感

引："哇，魔女琪琪正骑着扫把在天空中飞行……"我想象着。这就是我看的一本有趣的书——《魔女宅急便》。

介：本书主要讲了魔女琪琪在11岁的时候想成为像妈妈一样的魔女，于是她开始练习飞行，学种各种药草，开了"魔女宅急便"，帮助许多邻居幸福生活的故事。

议：魔女琪琪是一个乐于助人的少女，她常常和自己的魔女猫吉吉一起解决人们的困难。有一次，一位女士给她打电话："能帮我把衣服送走吗？"她连忙拿起扫把，和吉吉一起去帮助那位女士。那位女士有许多衣服，琪琪一件件细心地叠好，整理到一个盒子里。她很好奇女士为什么要把衣服送人，于是便跟着她一起去了杉树林。她们聊得很开心，不知不觉唱起了动听的歌曲："啊——小猫咪……"魔女琪琪时常帮助"石头、剪子、布"面包店卖糕点、买果酱；有时帮助电台的人们止咳；有时帮蜻蜓一起做竹蜻蜓……她总是无私地帮助他人，成了家喻户晓的好姑娘。

联：这让我想起了好朋友杨杨。这几天，气温骤降，我衣服穿得不多，她总把温暖的手伸过来："热不热？嘻——"我的水笔没墨水的时候，她好像与我心有灵犀，马上把一支水笔递过来。在我心情低落的时候，她会跑过来帮我缓解不愉快的心情。一天，我们刚下课，我正坐在位置上全神贯注地整理东西。突然，有一个男生拿着一个暖宝宝的芯朝我扔来，砸到了我的眼睛。杨杨赶紧跑过来，帮我揉了揉眼睛，贴心地问我："痛吗？用湿纸巾敷一下。"我抽了几张纸，去厕所里接了一些冷水，将纸巾浸湿敷在眼上，眼睛渐渐恢复了好多。

我的另一个好朋友雨霏，也是乐于助人的女孩。我时常是自己去托管班的，十分无聊，慢悠悠地走着，像个泄气的皮球。对于健谈的我而言，这样的日子实在是百无聊赖。而她，帮我解决了这个问题。虽然我们方向不同，但她总是陪我一起走。我们在一起总是说说笑笑，其乐无穷。

结：在这本书中，我懂得了要乐于助人，善待他人，做最好的自己。

乐于助人——读《魔女宅急便》有感

我来到了环保星

在一个月黑风高的夜晚,院子边忽然射出一束耀眼的光。它悄悄地落下,压住了青草,发出一阵"沙沙"声。

我十分好奇,便穿上大衣,蹑手蹑脚地走下楼梯。在楼下,映入眼帘的是更强烈的金光。我有些不知所措,穿好了探险服,走出门,就听到了"嘎吱吱叽波利"的奇怪声音。我随手拿起身旁的一把斧头,藏在身后。"叽吱吱嘎——"声音越来越响,我鼓起勇气,走得更近些。"嘎西——"声音突然停住了,我怀疑它们发现我了,我连忙压低身子,匍匐前行。忽然,刮来了一阵强风。"沙沙吱吱咕……"我听到了树枝发颤、花朵互触和机器发动的声音。我有些忐忑不安,不得不落荒而逃。可光的速度超乎我的想象,在我即将冲进门的时候,光抢先一步把我吸进了一个飞行器里。

这飞行器里的东西好奇怪啊!桌子是贴在墙上的,椅子飞来飞去,横冲直撞,笔和本子自己在工作,不知是哪个魔法师把它们变得有活力了。飞行器不仅没有按钮,也没有人操控,更没有雷达和方向盘。我往四周找了找,杳无人迹。我开始惶恐不安起来：我不会永远被困在这儿吧？有人吗？我垂头丧气，一屁股坐在地上，号啕大哭。"吱嘎咕叽？"从门后进来一个怪物。棕色的皮肤，绿色的上衣和下装，还有一个环保符号。我猜测这应该是一个无助的外星人，我要帮帮它。"吱嘎咕叽？"我回应了它一句："你迷路了吗？"它点点头，朝四周望了一圈，若有所思，又在一个地方停了下来，定住了。我拍拍它，它跑到飞行器的中间，集中注意力，发起信号。它笑了，打开窗，指着一个绿色的星球，发出了"嘎利"一声。

我们跳下飞船，踩在地上。地是结实的、翠绿的。它兴奋地拉着我跑进一个屋子里。这是一间大屋，装饰、家具，都是简朴而素雅的。它"哩哩"叫了一声，走来了好几个与它个子差不多的外星人。它拉着我，一个个说道："咪咪，利利，波波，罗罗，吱吱……"这好像是在向我介绍它的家人。我向它们微笑，表达我的善意。

它带我出门看了看。这儿种满了可可树、香蕉树、苹果树、银杏树等植物，绿色的植物满满地覆盖了土地，怪不得远看就是绿色的呢！

"哗哗哗"，狂风吹来。树叶一片片落下来，狂风中夹杂着泥和沙，它们纷纷逃入屋子。我一动不动，不知所措。它又拉着我，只听见屋子里有人叫："琳琳！"我知道了它的名字。琳琳拉我跑回屋里，从身上掸落一堆沙。"你能说中

文吗?"我问。外星人科技发达,知识多,说不定会说中文。"会!你好,我叫琳琳!"它说。我又惊又喜,这样我们能沟通了。"为什么这儿树多也有风沙?"我问琳琳。"有一些果子上带泥沙,风吹过就飞扬起来。"琳琳告诉我。我听了,往衣服上大大小小的口袋里摸。我摸到了一些口罩。"你们有口罩吗?""什么是口罩?""是一种能抵挡风沙的东西!"我把口罩一个个分给它们,让它们用。"哈,真好用,谢谢你。"它们异口同声地说。我教会它们怎么用口罩,怎么做口罩。它们不仅挡住了风沙,还清理了泥沙,让这个环保星没有泥和沙,变成真正的环保星。

我又通过飞行器的那束光回到床上。我意犹未尽,想起了地球上的生态环境。

我觉得地球上的植被还是太少了,我们要环保,保护树木,净化空气,让我们赖以生存的家园也成为一颗绿色的"环保星"。

想起这件事情，我就会回味无穷

傍晚，晚霞烧红了天空。我坐飞机来到了青岛，去看我朝思暮想的美丽海滩。

哇，这里碧空如洗，白云朵朵。海天相接，海与天如同兄弟般同穿着蔚蓝的衣服。调皮的浪花在波涛汹涌的海面上翻转，起起伏伏似乎在和我玩打地鼠。在海的一边，是金黄色的沙滩，有的人打着球，有的人沐浴阳光，还有的堆着城堡，玩得不亦乐乎，一派热闹的景象。

我和朋友穿上泳衣，戴上泳帽，朝着大海呐喊。我们一时好像打了鸡血，一个劲儿冲向大海，享受着海水对我们的抚摸，沐浴着温暖的阳光。

我先跑到沙滩上，拿起小铲子挖着细沙。一点一点细心地挖，挖成了一条条水渠和几座沙城堡。我在水渠里洗脚，在沙城堡上精心雕刻，做出一面旗帜和楼梯，再放上一块石头变成漂亮的公主床——那是高贵的公主才用得上的。

一会儿，妈妈送来一个冰激凌，和蔼地说："给，天天妈

妈买的,拿好了。"于是,我一边吃着美味的冰激凌,一边拿来一根树枝,在沙上画爱心和笑脸。

吃完冰激凌,我又与好朋友们玩起了"石头剪刀布"游戏。"石头剪刀,哗啦啦啦布;石头剪刀,哗啦啦啦布……"大家兴高采烈,谁输了就要被轻轻点一下鼻子。

"嘿,快过来!"妈妈们喊我们,"快来骑海上摩托车。"听了妈妈的话,他们一个个骑上摩托车。看着大家骑上摩托车在海面上激起一阵阵浪花,我心里想:啊,这该多刺激啊!轮到我了,我毫不犹豫地上了车。在摩托车开启的那一刻,我的心紧张得"怦怦"跳。摩托车在海上绕了一大圈,俯仰之间便就结束了,可我还想再玩一次,一直向妈妈嚷嚷,但毕竟天色已暗,该回酒店了。

这一次青岛金沙滩之行,真是又有趣又刺激,令我回味无穷。

感人的背影

    背影，可以代表一个人的心情，或悲伤，或快乐，又或是感人的，它带着种种感情色彩，令人久久难忘。

    现在正值新型冠状病毒疫情期，面对这一场没有硝烟的战争，全国人民都坚定信念，与病毒顽强搏斗。那些抗战在一线的医生护士，脸上被防护面具勒出了一道道痕迹，但他们依然坚持救治病人。保安和爱心志愿者，每天给不能出家门的人们送菜，测量体温。除此之外，人们有的捐款，有的捐物资。居民宅在家，学生上网课，这也是为抗疫贡献出自己的一分力量。我们不会因为疫情而停下学习与奋斗的脚步。他们的背影，令人肃然起敬。

    "到今天，新增确诊病例……"听到这条信息，我心里十分担心，那些医务人员会不会感染上新冠呢？看网上的一些视频，我感受到了医生们的辛酸。只见医生们进入绿区，穿上最基础的手术衣和口罩；接着进入黄区，穿上防护衣和护目镜；然后进入红区，再穿上一件手术衣，戴上了一层护目镜和口罩。他们穿衣是那么迅速，看着白衣天使用马克笔在防护衣上写上"加油"的字样，我心里十分感动。

望着他们的背影和那纯洁无私的笑容,我热泪盈眶。

医生们陆续走进治疗区域。他们亲切地问候患者:"身体有没有哪不舒服的? 感觉好点了没?"患者很感激:"谢谢你们的照顾,我的身体好多了,心情也很好!"医生们开始做日常的检查。看着他们的背影,看着他们对患者细心照料,我内心感慨万分。他们总是这么说:"患者开心,我就开心,只要能让他们不受苦,再累我也能扛下来。"他们按照顺序,把患者一个个检查好。然后进入一条专门的通道,用来脱"战袍"和全身消毒。他们疲惫地脱下手术衣和防护服,再摘下口罩和护目镜。我们可以明显地看见,每一个医生的脸上都有深深的勒痕,那些勒痕就像他们的勋章,是多么光荣。他们累了、困了,就在墙角缩成一团,小睡一会儿。我看着他们缩在墙角小睡的背影,不禁感到心酸,希望疫情早点儿结束,让这些白衣天使好好休息。他们受到全国人民的尊敬。

医生们善良而伟大的背影,深深地烙在我的脑海里,激励着我不断前进。

钓鱼记

生活,是一场美妙的旅行,有欢笑声,有痛哭声,还有呐喊声。在生活中,你们遇到过什么趣事呢?

这一天早晨,阳光明媚。我们一家人来到伯伯家的农庄玩耍。

"你们好啊!快进来坐。"伯伯亲切地说。可我的眼睛一直盯着屋子边的鱼塘,心想:能到鱼塘去钓鱼该多好哇。于是,我悄悄走到爸爸身边,轻声说:"爸爸,我们钓鱼吧!"爸爸觉得这主意不错,就去买了几副渔具。"大伙儿一起去钓鱼吧!"爸爸大声说道。

我期待极了,连忙跑去岸边,迫不及待地说:"爸爸,快把渔具给我呀,我要钓鱼了!"爸爸说:"别急,组装渔具很复杂,再等一等。""那要等到什么时候呀!"我迫不及待。

渔具组装好了,我搬条小凳子,静静地等着鱼儿上钩。不一会儿,我的鱼竿开始晃动,我马上大喊:"鱼上钩了!"爸爸拿着网把鱼竿拉上来,是一条大鱼,可爸爸却说这条鱼太小了,就把它放生了。我很气:这么好的一条鱼,为什么不要?接着,伯伯们都来帮忙,鱼塘四周各有一个"捕鱼

手"。可我们发现,面粉做的鱼饵都不起作用。于是,我们几个小孩和姑父一起去捉蚯蚓。

果不其然,用蚯蚓作为鱼饵效果更佳。我和姐姐坐在一起,静等鱼儿上钩。突然鱼竿晃动起来,我们急忙拉起鱼竿,发现是一只小虾。"哇,有小虾钓上来了!"我兴奋不已。紧接着,大妈妈也钓了一只小虾。伯伯钓上了一条大鱼。我这时感到无比自豪,这是我们辛辛苦苦找来的鱼饵,要是没有这些好的鱼饵,怎么会有这样的收获呢?

"嘿,快来帮帮我!"大妈妈说,"这条鱼好重哇!"原来是鱼太重了,那一定是个好东西。爸爸拿着网,马上把鱼竿拉起来。"啊,太棒了,是一只甲鱼!"大家别提有多高兴了,都满载而归。

这一天的晚餐又多了几只小虾,几条大鱼和一只甲鱼,无比丰盛。我们吃得更香了,心里美滋滋的。

这一次钓鱼,让我收获颇丰,不仅收获了这些小鱼小虾,还让我懂得了:只要付出努力了,就一定会有收获。

那一次，我真后悔

"我们和好吧！"这句话一直在我耳边回荡。

这是好朋友鸭鸭对我说的一句话，至今，我仍是记忆犹新。

一个阴沉沉的周末，我约了好朋友鸭鸭来家里玩，本来还挺开心的，可总觉得心底压了一块大石，有点儿闷，又有点儿喘不过气，有种说不出的难受和沉闷。

"呀，我来了！"鸭鸭在家门口大喊。我连鞋子都没来得及穿上，就跑下楼，给她开了门。我脸上是满满的笑容，可心底还有点儿怪怪的。她进了门，我连忙给她拿拖鞋。"呀，我们玩'大熊'吧！"鸭鸭说。"可我不是很想玩……"我有点抱歉。"玩嘛！玩嘛！不然我再也不和你玩了，哼！"她表示很气愤。我也无可奈何，我觉得和她在一起有一种无形的压力。顿时，我心中的怒火燃烧了起来，可我强忍着，毕竟是自己最好的朋友，忍一忍。

接着，我们玩起了"大熊"。"我要第一个来，要这个最大的白熊！"鸭鸭激动地说。这白熊是玩"大熊"中，滑得最快且是最柔软、最大、最安全的，可称得上"熊中豪杰"。她

开始用白熊在楼梯上滑，滑得极慢。我温柔地说："你滑快点儿，我也想用这只熊。"她还是慢慢滑，动作也不到位，我想去帮她，却被制止了。我心中的怒火燃烧起来，再三强行克制自己：不能发火，冷静，冷静。

我们感到疲惫不堪，想看电视休息一会儿。"嗯，真好吃！"我一边吃着巧克力，一边看着搞笑的综艺节目。"看电视剧嘛，新上映的那部电视剧很好看。"鸭鸭又说。我固执地要看综艺，她却想看电视剧。毕竟她是客人，又是我的好朋友，我再一次忍让了。可我真觉得没趣，直接扔下巧克力，对妈妈说："今天少年宫有活动，我们去少年宫玩吧。"妈妈同意了。

上了车，鸭鸭娇气地说："我要坐中间，空调吹着凉快。"车没开出去一会儿，我实在是忍不住了，一下子攥紧拳头，叫道："鸭鸭，我只是请你来家里做客，不是让我们把你宠成公主的。你一而再再而三地挑战我的底线，每次都要听你的，不听还说难听的话，当我是好惹的吗？"

我也想象不到，这件事给她这么大的打击。"我改、改。"她呜咽着。长长的一段时间，车里鸦雀无声。

我们冷战了近一个月，直到她说出了那句："我们和好吧！"我想，最真挚的感情也是要经过慢慢磨炼的，只有真正体会到对方的心情，才会成为最好的朋友。

青岛沙滩

世界那么大，到哪儿都有美景：巍峨的黄山，迎客松和奇石；宽阔的天安门，华表和大门；一望无际的内蒙古大草原，蒙古包、牛儿羊儿和清新的空气……这次暑假我们去了青岛的金色沙滩，那儿的风景可美了呢！

清早，天微微亮，刚下飞机的我们兴奋得欢呼雀跃，恨不得让天大亮，痛快地在沙滩上玩耍。眯了一会儿，我和小伙伴连泳衣都来不及穿，就拉着妈妈们："快走吧，快走吧……"妈妈们无可奈何，立马打了车，带我们来到金色沙滩。

"啊！这里的风景可真美呐。"我们异口同声地叫道。我用脚把鞋子甩开，露出白嫩嫩的小脚丫子，小心翼翼地踩在沙滩上。那滋味，别提有多舒服了。不一会儿，我就适应了，像疯了似的在沙滩上狂奔。

远眺，海水和碧蓝的天空相连，怎么也分不出水和天。那里的水清澈可鉴，海边没有椰子树，可也是别有一番风味。清新的空气，令我心旷神怡，这么新鲜而洁净的味道真是久违了。

　　我奔跑着，近了，更近了。我离海水仅一步之遥，它涨起来了。"卷起千堆雪"，它卷着"白雪"，迅速而凶猛地涌了过来，像一头猛兽气势汹汹地奔向我。"哗"的一声，它打湿了我的裤腿，打湿了岸边的人们。它像钱塘江潮一般，一浪接一浪，余波未平，一波又起。"白雪"不断地拍打着沙滩，卷起了海螺和泥沙。我们惊叹不已，穿上泳衣，奔向海浪，接受海浪的洗礼。

　　顷刻间，浪潮退了，我们堆起了沙堡。你一栋我一栋，渐渐积成了一座座城堡，插上树枝，就更完美了。我们通了水渠，还坐了水上摩托，玩得不亦乐乎。

　　青岛的金色沙滩，美丽，环境也很好。放松身心，不仅可以释放压力，生活也会变得休闲愉快。

邻里情

俗语说："远亲不如近邻。"你们的生活中,有没有关系很好的邻居呢? 我就有,比如曼曼姐姐一家。

我们两家常常互送好吃、好玩和好用的东西。有一次,我们家里买了两只鸡,于是,爷爷就开始杀鸡了。先是这一刀,再是那一拔,鸡很快就杀好了。刚处理好鸡,爷爷就把其中的一只鸡洗干净,挖掉内脏。我知道,爷爷肯定会让我把鸡送去邻居家,因为他们不喜欢吃动物内脏。如我所料,爷爷对我说:"把这只鸡送去,再送几根青瓜吧!"我爽快地答应了,便朝曼曼姐姐家走去,我心里的小算盘也打了:我又能去他们家玩了。"咚咚咚。"我敲着门,"大妈妈,开一下门,我给你们送点东西。"大妈妈兴奋地说:"雯雯来啦! 又送什么东西啊,哦是鸡啊。快进来,快进来。我刚好可以把蜜瓜给你们。"大妈妈热情地招待了我。碰巧,曼曼姐姐也走下来了,她又惊又喜:"是雯雯来啦,你好像又长高了呢!"

　　曼曼姐姐一家人都十分和蔼可亲。一次放小长假,我们打算和邻居家一起去伯伯的农庄玩。我们喜出望外,大清早就从床上爬起来。在车上,曼曼姐姐和我聊着天,互相问候打趣;大妈妈和妈妈交谈着,询问我们的生活状态;两位爸爸则谈着新闻和事业上的事。没过多久,我们就到了农庄。妈妈们一起准备午餐,曼曼姐姐和叔叔陪着我们在池塘里钓鱼,其他人都坐在茶室里吃着水果。我们几家人坐在大桌子旁,品尝着美食,不停地赞叹:"妈妈们手艺真好。"我们相处得很融洽,就像家人一样,互相关爱,彼此帮助着。

　　有时真的不需要去找住得很远的亲戚,和住得这么近的邻居交往,何尝不是件好事呢?

夏　声

声音是多么奇妙，可以是美妙婉转的，可以是令人烦躁的，可以是治愈心灵的，可以是出奇迷离的，特别是夏天的声音，真是别有一番风味。

"啾啾"是小鸟的叫声，它们欢快地唱着。那声音轻柔柔地飘入云霄，飞向村里、城里。它们的声音和谐不杂乱，如高山流水，令人心旷神怡。"唧唧"是小虫儿的叫声，这声音很轻柔，但在宁静的夏夜，总能让人感觉到大自然的律动。"知了""知了"的是蝉在鸣叫，它们和小虫子组成了合唱团。"知了""唧唧"的声音就像在奏乐，声音忽高忽低，从不间断，每个夏天的夜晚都在播放。乐曲不时更换调子和节拍，仿佛是大自然在歌唱。

"沙沙沙"是树叶落下的声音，大风吹过，它们有的抱团跳下，有的在空中飘荡一会儿再落下。大的叶片就不一样了，比如说梧桐树的叶子，像黄色的巴掌一样，"啪"一下子打在地上，好像和地板有什么仇怨。当许多"黄巴掌"拍在地上时，会结合雨声。一边"啪啪"，一边"哗哗"，又是一曲动听的二重奏。"啪"，荷花轻轻地绽放，舒展着腰身，秀

出色彩唯美的花朵。荷花的声音与梧桐的大不相同：荷花是很轻而优雅地笑，像富家大小姐莞尔一笑；梧桐像是很生气了，重重地拍在地上，就像老师生气时拍桌子一样。

"哗啦啦"，夏天最独特的就是雷阵雨和冰雹了吧！夏天的气候十分多变，前一秒是晴空万里，后一秒就下起了大暴雨。那声音可吓人了，雨声是"哗啦哗啦"的，加上"轰隆隆"的雷声，和"唰唰唰"的闪电声，像是演奏着恐怖乐曲。小雨是"沙沙沙"地歌唱，格外温柔，像一曲催眠曲，轻柔地低吟着。

夏天的声音是多么奇妙，虫鸣鸟叫，叶落花开，独特的阵雨，真是有趣啊！

善良与同情心

——读《城南旧事》有感

引：曾经看到过一句话："因为爱心，流浪的人们才能重返家园；因为爱心，疲惫的灵魂才能活力如初。"《城南旧事》中英子的童年故事深深地打动了我。

介：《城南旧事》主要讲了英子在童年帮助他人，善良有同情心，最后爸爸的花儿落了，她也感觉自己长大了的故事。

议：文中有个故事，让我品到了英子的善良与同情心。有一天，英子遇到一个年轻男子，他家里很穷，为了帮助弟弟，不得不去偷东西，成了人们眼中的坏人——小偷。英子很同情他，在路上捡了个小铜佛给他。她不像普通人一样，简单地认为偷东西的都是小偷，都是坏人，而是去深深体会他的处境，想办法去帮助他。这个男子其实很善良，很爱他的弟弟，想把最好的都留给弟弟。世上的善和恶都不是绝对的，坏人也可能是好人，好人也可能是坏人。一个人以前的样子不代表他现在也是这样，人心是会变的。

联：书中主人公英子让我联想到了我的好闺密霏霏。

我们学校旁边有一个弄堂,里面车水马龙,形形色色的人们十分忙碌。一放学,我就喜欢和她在弄堂里走走。有一次,我们遇上了一个乞丐,这个乞丐十分可怜:初冬时节,上身穿着破破烂烂的衬衫,这儿一个洞,那儿一个洞;下身穿着不合身的裤子,上面全是泥;满脸是胡子茬儿,牙也缺了好几颗,眼睛里布满了红血丝,十分憔悴。他拄着拐杖,一只手拿着塑料盒子,里面的硬币寥寥无几。这个乞丐年纪很大了,骨瘦如柴。看着他饥寒交迫的样子,霏霏坐不住了,她连忙问我:"你带钱了没?或者有吃的也行。"我回答道:"只带了几个硬币。"她从我手中拿走硬币,飞奔到小卖部,买了一块面包和一包火鸡面,然后又飞快地跑回来了。"这些够吃吗?你一定很饿吧。"霏霏同情地看着老人。"谢谢你!谢谢你!"老人一边连声感谢,一边轻轻地鞠着躬。

结:《城南旧事》告诉我们一个道理,每个人都要有一颗善良的心,要友善地看待这个世界,是非善恶都不是绝对的。用纯洁和同情的心灵去看待世界,世界就会以另一番景象展现在你面前。

得到全班第一之后

生活中,我们常常会有所获得,收获总是不易的,因为它是你通过日积月累的不懈努力换来的。

一天早上,同学们都紧张地坐在教室里,紧紧地握着笔,桌上是一本垫试卷的本子。我心想:昨晚刚做完两张练习卷,单元考点小结也认真复习了,必考的语文园地也仔仔细细背了一遍,一定能考好!我怀着自信落了笔,极有耐心地审题、检查。

"哇,97分!"课代表眼中充满嫉妒,极不情愿地把试卷发给我,我高兴地叫了起来。我心中五味杂陈,激动得热泪盈眶,一晚上的认真复习也终于有了回报。

老师讲解着试卷,我仔细地听着。看着满是钩的试卷,我心中欣慰极了。我去给老师看订正时,老师赞许道:"这几次考得都不错嘛,继续努力哟!"我开心地笑了,激动地点了点头。

回到家里,我放下书包后,把试卷摊在桌子上,想让全世界都知道我这一次考了全班第一。"咚咚咚",我下了楼,响起一阵轻快的脚步声。"妈妈,你知道我考了几分吗?"我

神秘地说道。"哎哟,一看表情就知道,是不是又考好了?"妈妈看着我,笑着说道。"97分,全班第一!"我拍拍胸膛,自豪地扬起头来,不可一世的样子把妈妈都逗笑了。"好好好,又进步了呢!"妈妈欣慰地笑道。

回到房间,我感觉自己飘飘欲仙。我抱着被子,自言自语起来:"可不能骄傲,骄傲了下一次就考不好了。要自信,相信自己一定能行。好成绩总不是自来的,是通过努力刻苦学习得来的。"

那一天我好开心,也深深懂得了这一句话:付出总会有回报。

心有灵犀一点通

——观《唐人街探案3》有感

引：春节期间，我和家人去万达影城，观看了"唐探宇宙"系列的第三部电影——《唐人街探案3》。

介：这部电影由陈思诚导演，是一部悬疑侦探电影。这部电影主要讲述了主人公秦风收到野田昊的邀请，同唐仁来东京破苏察维密室身亡案，未承想这竟是Q组织对秦风的一次考验，而秦风拒绝参与Q组织，与榜上其他侦探支持正义的故事。

议：在破案的过程中，默契真的很重要。在秦风"推下"Q组织安排的通缉犯之后，刚到场的警察从正对秦风的视角来看，一致认为是秦风推下通缉犯导致他身亡。秦风上警车后，他问苏察维的助理当时苏察维遇害的细节，此时他看到助理肩上的胎记，给了野田昊一个眼神。野田昊立马察觉事情有蹊跷，在Q组织安排的警察到牢房询问秦风是否参与Q组织时，在对楼的天台录下了这个过程。他又靠人际关系，还原了事发情景，让秦风成功脱罪。一个眼神，让秦风和野田昊想到了一块儿。这个眼神揭开了Q

的神秘面纱;这个眼神,让即将受刑罚的秦风成功洗脱罪名,让Q组织计谋无法得逞。秦风和野田昊在侦探排行榜上排名第二和第三,本应该是"敌人相见分外眼红",而现实是侦探榜上的"敌人"齐心协力,共斗Q组织。

联:这让我想到了电影中的另外两个人物——少女思诺和秦风的得力助手唐仁。在秦风进监狱,唐仁无可奈何回泰国时,思诺约唐仁在教堂相见。唐仁刚下车,便急匆匆跑进教堂,思诺正在诚心祈祷。唐仁不解其意,也拜了拜。突然,思诺转过来,又是邪恶地一笑,把唐仁从高高的楼梯上推了下去。唐仁四脚朝天,虽然这么一摔十分疼,但马上理解了思诺的意思:一个人被推下和自己摔下的姿势是不一样的。随后,唐仁和思诺又急忙赶往东京,约见野田昊,通过一次次实验,洗脱了秦风的罪名。

结:做朋友不一定是对对方有多么友好,而是在做对手时做朋友,一个眼神就会明白对方的意思。"心有灵犀一点通。"

蒙蒙春雨

春雨是连绵的、柔和的。它不像夏雨如此刚烈,不像秋雨略带忧愁,不似冬雨孤寂冰冷。它"润物细无声",充满生机与活力,是春的象征。

雨还未落,天亦没有那么阴,只是乌云来缓。本是晴空万里,忽然,连绵的白云紧凑在一起,你推我拉。天暗了,火红的烈日刚晒得同学们脸通红,又被白云悄悄地遮住半脸,悄悄地遮着光芒,悄悄地映下白光。阳光好像被白云过滤了,暖热的、淡黄的阳光就变得苍白而无情了。天只是苍白了,却并没有浑黑而死寂。

雨是一滴滴落的。"啪嗒,啪嗒",雨落在泥土上,只是润湿了一小块地方;落在屋檐上,排水的沟壑一点点积足了水,落在灰白的水泥地上,一滴滴,水泥地立马变得灰黑相间。雨打湿了头发,打湿了衣服,打湿了一个个可爱的脸庞。

雨渐渐下得大了。可奇怪的是,春雨落下,竟是轻声细语的。雨没有发出大的声响,只是滋润万物,让笋儿、叶儿、芽儿多添一点绿色,多加一份生气。

雨的色变得五彩了。雨落在红花之上,雨即变得粉红了,映出苍白的天和鲜艳的粉。雨又落在屋瓦上,片片厚瓦,如同刷了一层新漆,变得灰了。

雨悄悄地落下,让人难以发现。从窗外看雨,雨如细烟,如密雾,如鸿毛,如银针。雨落得快,一瞬间落在地上,织成一块透明的布,细密又轻盈。若想看透雨是有还是无,只能瞧着一个个小水坑。小水坑若有点点涟漪,便是细雨落了。涟漪在水中十分好看,如同晶花一般,这儿一朵,那儿一朵,一瞬间就全无了。

雨也是慢慢止的。从密如麻的细雨,再放缓节奏,接着一滴滴落下,最后雨止。雨后,叶儿上、花儿上、屋檐上,到处是湿漉漉的。雨虽不落了,但哪里都有它的身影。坑中又积满了水,映着重回光明后碧蓝的天。

春雨来得缓,去得缓,悄悄地滋润万物,默默地带来春独有的生机。

舞蹈伴我成长

没有艺术，就没有优美动听的旋律；没有艺术，就没有时尚美观的图画；没有艺术，就没有一支支惊艳世人的舞蹈……艺术无处不在，它充分融入这可爱的世界里。因为它，我们的生活才会丰富多彩。

如果你问我学习最久的一个科目是什么，我会毫不犹豫地回答："舞蹈。"舞蹈是从古至今都有的艺术。舞蹈可以唯美动人，舞蹈可以摇滚疯狂，舞蹈可以随性自由……

从四岁开始，我便学习舞蹈。当时母亲觉得女孩子就应该跳美美的舞，舞蹈很有用处，在任何时候都可以跳，它能放松心情，令人愉悦。直至现在，我也没有理由去反驳这句话。

一些不了解舞蹈的人会问："你都在学舞，你妹妹怎么不学？"说实话，我妹妹是因为害怕。在她懵懂无知的时候，曾来舞蹈班看过我跳舞，那里有一位表情严肃、不近人情的大妈，她手持竹竿，正往同学们的腿、手臂上打。妹妹吓哭了，虽然她没有看到老师打我。从小学习舞蹈让我知道，不努力就要吃苦头，认真学习才会事半功倍。这让我

养成了要强的性格，一件事要么不做，要么就把它做精。所以，我在舞蹈班从没有被打过一棒，并且一直是领舞。

因为要来绍兴上小学，我便换了一个舞蹈班，就是现在学习的这个舞蹈班。刚到这个舞蹈班时，我很怕生，只跟同班同学玩。虽然我胆小，但基本功却不亚于老生。很快，我扎实的基本功和良好的舞台表现一跃成为舞蹈老师心目中可以重用的人选。我很谦虚，一直在向比我优秀的老生学习。

舞蹈这门艺术，教会了我很多，是它让我学会了好强、坚持、谦虚，它让我充分展现自己的美丽，它也让我的体育成绩位居全班第一。这门艺术是我的良师，对它的热爱，使我受益无穷。

老　家

城市中的高楼鳞次栉比，即使是黑漆漆的夜晚，各家各户和高楼大厦所散发出的灯光，也能把夜空照得明亮。城市的夜空中很少有闪烁着光芒的星星，白天天空中也布满厚厚的"白棉被"，很少看见一望无际的碧空了。我一直对老家充满了怀念，时常想念老家那碧蓝碧蓝的天空，云少，天气晴朗。

老家离现在住的地方不远，就在绍兴市区与诸暨的交会处，因此，每次去老家只要开不到一小时的路程就到了。老家环境很好，因为这儿离市区远，道路上空无一人。这个小镇上有许多小山丘，地上都种满了庄稼和花草。老家周围很"老"，柏油路坑坑洼洼，路边是一幢幢老式装修风格的房子。走在路上，不用太担心会撞车，在这里，人们都过得很安逸，车速自然也慢了；即使是走夜路也不用担心，总有几个老大伯老大娘在散步，甚至会有几条土狗跟在后头为你"保驾护航"。

每次来老家，我就一定要去大伯家的庄园玩。大伯很和蔼，常把笑容挂在脸上。每次去玩，大伯都会热情地招

待我们，一边请我们进门，一边说着哪儿又有果子熟了，一会儿可以去摘来品尝品尝。有时，大伯有事不在庄园，便会把大门敞开，随我们采摘、逗狗。庄园里有两座山丘、一栋房子和一个池塘。走入庄园，葡萄、梨花、草莓等花果香味都迎面扑来。中午吃完饭，我们提着钓鱼竿，在池塘边的堤岸上垂下渔线，闲逸地躺在被阳光烤热的木板上，别提有多自在了。

老家的夜空总布满闪烁的星星，白天亦是晴空万里。虽是一个不起眼的小镇，却充满了人文风情和大自然的味道，那是家的味道。

服务他人的人并不低贱

时代在不断地变迁，人们的生活节奏越来越快。大街上，小巷里，人潮涌动，车辆如梭。人们好像被分为四类：努力学习的学生、行动不便的老人小孩、拼命打工的蓝领和认真工作的白领。

那天，我乘着出租车去世贸上课，脚刚一落地，车门一关，便看见在马路中央发生了一场悲剧。一位戴蓝色头盔，身穿蓝色衬衫，脸上挂着微笑，开开心心地骑着摩托去送餐的外卖员，与一个急着过绿灯的私家车相撞。"呼！"刹那间，外卖员的摩托车重重地摔在地上，车尾装餐的蓝色箱子里，几个快餐盒摔在柏油路边，汤汁溢出，外卖员横卧在马路中央。

司机吓傻了，急匆匆地跳下车，轻轻地拉起外卖员，问道："没事吧？没有伤到哪儿吧？"外卖员的眼泪在眼眶中打转，却又故作坚强，强忍着泪，坚定地说："我没事。您是急着有事儿吧！我把车靠边，您先过吧。"司机并没有要走的意思，只是默默地扶起摩托车，替外卖员掸了掸身上的尘土，又拾起餐盒，对外卖员说："你们辛苦了，我会把这些

餐的费用赔给你,这是我的号码。"说完,便拍拍外卖员的肩,递给他纸条,把他扶到路边,向外卖员鞠了一躬,便把车开走了。

外卖员在路边拿着手机,一个又一个电话打给客户,一个又一个道歉,电话那头还传出很大的骂声。随后,他又朝着店家骑去,任风吹打着饱经风霜的脸庞,默默地抹着泪,过了一会儿,又坚强地笑了,重新上路。

外卖员难道就应该忍受客户的骂声和汽车不断的鸣笛吗?那个司机又为什么不报警处理?

这一幕深深地刺痛了我,我想高声地呼吁:服务他人的人并不低贱,请尊重他们。

偏　心

　　有让你触动心灵的事吗？快乐的事,取得了好成绩;伤心的事,最喜欢的玩具丢了;激动的事,和同学一起过生日……我有一件令我十分悲痛的事——大人的偏心。

　　记得有一年暑假,我们在游泳馆里玩水。"哈哈,你又输了!"每次玩游戏妹妹都输,要么是让她当"受害者",要么是让她来捉我们,总之就是让她扮一般小孩儿在游戏中最讨厌的角色。

　　"我们来捉喽!"大家异口同声地说,我也加入其中。我把手伸进水中,猛地往前一泼,水刚好泼在我妹妹身上,她也开始反击。她用手抓住游泳池的边沿,用腿来泼水。我们身上也变得湿淋淋的,可大家顾不上什么,继续泼水:有的爬上岸,使劲一跳,溅起一阵水花;有的用浮板,猛地拍水,不仅有水花,还发出了巨大的声响;有的则在"逃跑",躲避妹妹的攻击……本来我们玩得挺好,可又被我妹妹搅乱了。

　　她又开始了她的绝技——赌气。她发现自己体力不足,优势不足,这局必输,便两手一插,谁也不爱。我们看

她不开心了，就又向她泼水，想让她活跃一些，结果她更不高兴了。我们过去安慰她，她却一挥手，穿上拖鞋，走了。我们都好奇怪：不是挺好的吗，怎么又走了，本来也很公平啊，是她黑白配的时候输了呀！

　　紧接着，大人们也把我们撵走了。大人也很奇怪妹妹为何一副闷闷不乐的样子。

　　我回到家时，妹妹早就到了，正在看电视。我刚坐下爷爷就开始骂："你怎么可以欺负妹妹，她还小，你要让着她的！没大没小，亲妹妹都要捉弄！"我疑惑着：欺负？有欺负吗？我们在玩啊！我刚要反驳，他便火冒三丈："再说一句话试试，信不信我一巴掌拍下去！"我也没敢吱声，装作没听见，强忍着泪水。当时妹妹得意的样子，我至今都还记得。一波刚平，一波又起。我爸回家了，恶狠狠地骂我："你年纪不大胆子不小，妹妹都欺负，以后别人看见都来打你！你索性以后不要玩了，那么凶，就没温柔过。"我也不想再说什么，直接冲进房间，号啕大哭。不知道哭了多久，心情也没有平复："为什么大人都偏心她，这个世界，这个家，一点儿都不公平！"

　　大人偏心不只是一次两次，偏心的大人也不只有一个两个，我每时每刻都活在偏心的阴影下。很多人问我，我学习成绩为什么好，因为只有在学校里我才能获得真正的快乐，学习和兴趣爱好才让我的生活更加充实。

丛明睿

急性子外婆

要是问家里谁性子最急,那就是外婆了。天天起得最早,睡得最晚的人,非外婆不可。

那一段时间,外婆在我家照顾我们。

"轰隆隆",洗衣机的轰鸣声把我吵醒了,我脑袋里糊里糊涂的,于是在床上继续睡,也不去管。但是,洗衣机越来越吵,我心里嘀咕着:"为什么她每次都这么早起来洗衣服,让人家睡不好觉!"结果外婆马上就闯进我的房间,催我快点起床,然后又跑回阳台晒衣服了。这就是我的急性子外婆。

上午我去打羽毛球,外公把我送到后没回家,等我一下课就把我接回家。到家后,外婆喊道:"庆玖,快去洗澡,臭死了!"我马上跑到卫生间,脱掉衣服,爬进浴缸,外婆突然进来说:"快洗哦。哎呀,菜要烧焦了。"她马上跑进厨房看菜去了。我洗完澡,就开始吃饭,外婆又催:"快吃快吃,待会儿作业完不成。"我心想:"外婆性子还真急,看来确实

不是冒牌的！"

下午,她在沙发上睡午觉,我在阳台上做作业。两个小时过去了,大部分作业都完成了,于是,我把外婆推醒,给外婆背了古文,后来溜出去玩了。外面总比家里好得多,我骑自行车在外边玩。不料,外婆来电话问我几点回去,我想了想,说:"那就四点半吧。"然后我就开始骑自行车,尽情地享受着外面的空气。不久,我就回了家,外婆又性急了,马上从冰箱里拿出牛奶,说:"庆玖,外婆给你吃鸡蛋牛奶,好吗?"我欣然同意了。外婆手脚麻利,马上热好了鸡蛋牛奶,我立刻喝掉了。

其实,她那浓密的头发、大大的眼睛、戴着耳环的耳朵和圆圆的脸庞就让我觉得她充满童真,还有那圆圆的大肚子就显得更有趣了呀!她也喜欢喝黄酒,虽然只有一小杯,喝完后脸就会变得通红,晚上她也去小区里散步……

这就是我的外婆,一个急性子外婆,但我真希望她天天住在我家呀!

如果时间可以飞逝

万岁！我现在有了一台时光机，可以想去什么时间点就去什么时间点了。

电脑键盘输入：去2030年，我的年龄不改变。1秒钟后，我已经站在了2030年的大街上，手里还有一个遥控器。我随便按了其中一个按钮，马路动了起来，我想：以后不用开车了。没错，2030年，汽车已经被淘汰，取而代之的是靠现代科学技术发明的智能马路。

我又按了"马路速度的1.5倍"键，马路的速度立即加快。我到了一家面包店门口，按了一下"马路停止"键，马路停了下来，我进去买了几个面包，随即出来，没想到，我手机上显示：××面包店，花费××.×元。原来，这里所有的商店都和手机预先绑定好了，你只要出了商店，事先扫好货物，钱就可以直接从你绑定好的银行卡上扣除了。这套智能设备就代替了我们现在的收银员职务，让人们的生活更加方便。

我又凭着智能马路，到了人们在2030年时的家里，我发现，2030年的电视没有广告，就连大街上也都没有一点

儿广告。是2030年的商家不想跟别的商家比赛,只想做好自己吗?不是的。2030年,每家每户都有一台打印机,商家把广告直接发到打印机上,打印机把广告打印出来,每家每户都有广告看。报纸也是用同样的办法送的,这就取代了送报员的职业。

而且,那时的外卖,都是从特殊的地下管道送出,直接送到每家每户的管道出口,那家人就可以吃上香香的外卖了。

2030年的小学生带我参观了他们的学校,那时,一个班的老师只带十个学生,学生直接戴上耳机,就可以听见老师在讲什么。老师上课说了什么,都会变成文字,学生上课可以不做笔记,只要带笔记本电脑回去就可以复习。每场考试结束后,可以回去用笔记本电脑听名师讲评,知道自己哪些题做对了,哪些题做错了,第二天上课直接订正好发到老师的电脑上,老师改好后发回学生电脑上,如此便利。时间能飞逝多好!

我去餐厅吃饭,餐厅里已经见不到厨师和服务员了,取代他们的是各种各样的机器人。厨师机器人烧好菜后,空中送餐机器人将菜取走,并放到指定的餐桌上,客人吃完再由机器人把餐具送到洗菜间里,由洗碗机器人洗好后继续使用,每次都是这样重复着干活。

我玩遍了2030年的中国,按了"回2019年"按钮,我又回到了现在,要是时间可以飞逝,那该多好!

我来到了"名人"星

早上，我正要冲进电梯，却发现电梯不是以前的模样——抬头是星空，四面墙上都是星球的按钮。

我没想什么，看什么星比较好玩，后来，我的目光扫到了其中一个按钮——"名人"星。

"这个星球应该不错。"我想。于是我按下了按钮，只觉得一时天旋地转，还好有扶手，我一把抓住了扶手……

"'名人'星到了，请下电梯。"我走下了电梯，忽然想到了一个重要的问题："我该怎么回去？"于是回头一望，电梯不见了！

算了，"名人"星上的居民应该知道怎么回去吧，我去问问他们。

第一间屋上写着：鲁迅居于此处。我敲了敲门，结果为我开门的不是文豪鲁迅，而是完全不一样的外星人！

我问他："这是'名人'星吗？""鲁迅"回答："是的，你想见见我的好友，'茅盾''朱自清''冰心'和'巴金'吗？"我点了点头，也希望剩下几位是真正的人。

但结果令我失望，他们不是中国文学大师，而都是外星人，虽然他们都会中文。我问他们："你们知道中国吗？"

遗憾的是他们不知道。

我可着急了,我该怎么回家呢?是不是要到3019年才能回去呀!

但转念一想:"你们能带我参观一下这个星球吗?"他们爽快地答应了我的请求。

"这个星球是距离太阳系7884072光年的'名人'星,这个星球只有6位居民,还有一位在睡大觉,看我把他叫醒。""莎士比亚,咱们今天有一位客人,快点请他去茶楼品茶!还有,你也别睡觉了,再睡,就起不来了!""朱自清"喊道。

本来听说世界上没有外星人,为什么有呢?

"莎士比亚"被"朱自清"吵醒了,迷迷糊糊地说:"老朋友,你为什么不让我多睡一会儿,我爱睡午觉,但是你说有客人,我便勉为其难地起来吧。"

他们带我去茶馆喝茶。刚一落座,就冲好了茶,机器人递上茶,"请慢用。"机器人说道。我惊讶地说:"你们这儿的机器人比我们国家的先进多了!""那是没错,我们研究成果非常多!"

"比如,我们可以把你送回地球上的中国!"后面有一个声音说道。他们的飞船送我回到了大陆,回来后,我一如既往地上学。

但是,我知道了:我们努力学习,应该为中国的科技发展奉献自己的力量,应该为祖国的繁荣发展而努力!

西瓜滚逃记

有一天,果园中的西瓜成熟了,农民们都来摘西瓜,准备拿去卖掉。

晚上,剩下的西瓜在一起讨论。"我们到底该怎么办?"一个又大又圆的西瓜说:"我觉得离大剪刀最近的西瓜,可以把手伸过去,拿到剪刀,把我们一个个剪下来,我们一起逃出去吧!""不行,不行。"一旁一个不起眼的小西瓜边摇头边说着,"如果被主人发现了,那可不得了啊!"但是,大家还是认为逃跑更好,于是,他们决定明天晚上一起逃走。

到了晚上,他们惊讶地发现又少了一半同伴,那个大西瓜看见了这个场面,说:"事不宜迟,应该尽早动身了。"于是,西瓜拿来了剪刀,一个接一个剪断了其他西瓜的茎。西瓜们一个个滚出果园,朝东方海边去了。

原来,他们事先有了约定,要滚就朝海边滚,让海边度假的人可以得到西瓜,那才好。

大伙在路上遇到了一条大江,过不去,都焦急地问西瓜首领:"这条江怎么过去啊,太宽了,要不我们就在岸边吧?"但那西瓜首领坚决地说:"不,绝不可以放弃,我们一

个个慢慢滚到江底,再慢慢滚到对岸就可以了。"晚上,他们趁着天黑,快速地过了大江。

一年又一年,大家都听到了浪花的声音,可前面是一座高耸入云的山峰,首领清点了数量,仅有十余个瓜了。他说:"今天晚上,翻过这座山,我们还得在水中漂呢!"其他西瓜心里想:"我们只要有信心,就可以过去的。"果真,他们一夜之间翻过了这座山。但是,到了山下,他们发现只剩六个西瓜了。接着他们又发现了一个大湖,这个湖深不见底,他们根据路上累积的经验,用木头搭了桥,到了湖的另一边。

"啊!"剩下的四个西瓜很惊讶,这就是大海,一望无际的大海。远远望去,海天相连,分不清哪是水哪是天。大家在这儿扎了根。

五年过去了,这儿成了一片瓜地,一代代传下去。

这个故事告诉我们:只要你有决心,不害怕失败,一定会成功!

妈妈，我想对您说

孟郊言："谁言寸草心，报得三春晖。"我也这样认为，可妈妈，请允许我跟您好好聊聊。

妈妈，我感谢您。十年前的那个下午，我出世了，我感谢您把我带到了这个世界上。有一次，数学作业有点难，我心烦意乱，怎么想都想不出来。这时，您来了，您帮我一步步地将题目讲解出来，您当时的语气非常温和，让人听着心里暖乎乎的，这是您温柔的一面。当我发烧时，您急急忙忙赶到学校，接我回家，还会因为我而请一下午的假，给我测体温、倒水、喂药，寸步不离地照顾我。我要感谢您为我做的一切。

但是您发起火来，就是一只"母老虎"。考试的时候，我会因粗心而做错题目，虽然成绩排名是并列全班第一，但您还是会批评我。至今我还记得您因为我咬手指甲而让我写下再也不咬手指甲的保证书，当时的我真的无法理解您。记得有一次，我考试考砸了，您狠狠地批评我，就连爸爸来劝说，您也不理会，继续骂我，我又恐惧又伤心。请您不要变成名副其实的"母老虎"！

　　最后,请允许我向您提一些意见:不要总是骂我,骂我的话您也不高兴,我也不高兴,最后弄得全家都不高兴。不如我们友好相处,有问题好好沟通解决。不要把我的生活安排得满满当当的,让我能留出一点时间给自己,去做我喜欢的事情。请给我一点时间,好吗?

　　妈妈,千言万语都道不尽我对您的感恩,一句"谢谢"更是远远不够,没有您就没有我,无论我走多远,我们的心都是在一起的!

情绪自控
——读《爱哭鬼小隼》有感

学会控制自己，你就不会被事情的假象迷惑，从而走得更远。懂得调节自己的情绪，做情绪的主人。

——题记

引：今天我看了《爱哭鬼小隼》这本书，深受启发。

介：小隼非常爱哭，他自己都讨厌自己。但是妈妈充满爱心与智慧的一句话，让小隼放下了沉重的心理包袱，接纳了自己的情绪，由自卑转向了自信。

议：小隼是一个控制力不强的孩子，他总是因自己控制力不强而流下泪水。他胆小如鼠，不敢回瞪嘲笑自己的人一眼。当小隼喜欢的桑村老师不再教他们，要去另一个地方时，当跟自己做了三年好朋友的小周要离开自己，去日本东京时……小隼都哭了。他喜欢的人都走了，他感到十分伤心。哭，只是一种对情感的发泄，发泄完了，自然就好了。哭，不可怕，不用管那些嘲笑你的人，没必要那么关心他们。

联：其实，我也不太控制得好自己的情绪。上次跳绳考核，我真的快被气疯了。一分钟，我拼了命地跳，有人说我跳了200下，还算合理，也有人若无其事地说165下！我忍不住了，号啕大哭。回到教室，老师一报成绩，我刚止住的眼泪再次决堤，我不愿意承认这么差的成绩！第二天发奖励时，我不争气的眼泪再次流了下来。但老师让同学们不要来安慰我，说这是一种发泄，发泄完了就好了。我觉得老师说得对，但我决定发泄完就要控制自己的情绪。

结：能否控制好情绪，决定了漫漫人生路中人能否变得更成熟。但必要时也要发泄自己的情绪，让自己重新开始。

天然山水画

　　我的家乡绍兴,有许多历史悠久的景点,比如旧时的采石场东湖,鲁迅书中提到的百草园,因陆游和唐婉而留名的沈园。而其中我最喜爱的就是柯岩风景区了。

　　柯岩景区大门口就有一座亭子,亭内有一块碑,上面醒目地写着:柯岩绝胜。小路的两边绿树成荫,尽头有一尊大佛,坐在石壁上,面部慈祥,呈盘腿状。旁边就是整个柯岩风景区的"核心部分"——云骨。云骨高30余米,上大下小,像一只正在旋转的陀螺,经过多年风吹日晒,仍然傲视前方。岩石上还有顽强生长的小树,从石缝里蹦出的野草,所以称它"天下第一石"。

　　瞧! 湖里有许多鱼正在撒欢,形态各异,色彩丰富,游人只要拿出面包,掰一点下来,投入湖中,所有的鱼儿便会蜂拥而上。小鱼动作敏捷,抢到面包块便扭头游走,去别处享用美食;大鱼呢,凭自己嘴巴大,直接吞了,继续接下一口……

　　乌篷船是我们绍兴的一大特色,你能听到船老大嘎吱嘎吱的划桨声,微风习习,吹弯了柳树姑娘。耳边传来悠

扬的越剧声，原来是有人正在戏台演唱《十八相送》。对面就是乌毡帽亭，顶棚是一顶硕大的乌毡帽，亭内的石桌石凳都是酒坛状的，真是别具匠心，形象地突出了我们绍兴特色。

古纤道是用青石板铺成的，有些青石板不太牢固，走上去会发出沉重的响声。而且，古纤道两旁没有扶手，与对面来的人会面时一定要小心。古纤道中间有一个桥洞，便于小船通行。夕阳西下，古纤道在余晖的照耀下，变得更加美丽。

鲁镇有一派"小桥、流水、人家"的风格，白墙黑瓦，青石拱桥，一条小河从中流过，好一派江南水乡风情。岸上有一块大石头，上写"民族魂"三个大字。我们出来刚好遇到阿Q在惟妙惟肖地表演，那个神态、那个语言，实在太逼真了，让我忍不住想再多逗留一会儿。

我爱这片土地，因为这是我的家乡——水乡绍兴，我更爱家乡的柯岩风景区，因为它是一幅天然的山水画！

我的自画像

大家好,我叫丛明睿。"丛"这个姓氏很少见吧! 因为这个姓氏我还得了一个"小树丛"的绰号。我现在是一名四年级的小学生,个子不高,胖嘟嘟的小脸蛋又白又嫩,特招人喜欢,大家都忍不住会来掐我一把。一头乌黑的短发,浓浓的眉毛下长着一双还算有神的眼睛,但可惜是一对丹凤眼,妈妈说我是典型的单眼皮男生。鼻梁在外婆的"施力"下,也挺起来了,一张"八字"嘴特像我老爸,两只耳朵又厚实又大,他们都说我耳朵大福气好,其实我们家人的耳朵一个个都这么大,我也不感到稀奇了。

我成绩还算优秀,是老师眼中的好学生,父母心中的好孩子。老师叫我帮忙,我还特乐意,做得乐此不疲。因为我觉得这是老师对我的信任,信任我才把这么重要的工作交给我,我必须努力做好,不能让老师失望。当然,我也相信我有这个能力。学习之余,我喜欢在休息天骑上我心爱的自行车去看看大自然的美景,和爸爸骑在崎岖的山路上,吹着微微凉风,感到空气格外清新,耳边传来鸟儿清脆的鸣叫声。累了,我们就找个安全的地方小憩片刻,远眺

山头，看看日新月异、气象万千的城市，我觉得那是我最畅快的时候。我们平时学习也都挺紧张的，需要适时调整自己，让自己放松，这都是为了更好地投入下一轮的学习。

我还是一枚名副其实的小吃货，对美食格外有兴趣。外出旅游时，看到当地美食我都会请求爸妈买一份，品尝最真实的味道。让我印象最深刻的是，有一次我们全家去台湾旅游，我早就听说那边的蚵仔煎很有名，就迫不及待地想买一份尝尝，结果一到口中，滑腻腻的，非常腥，难以下咽，最后我捏着鼻子强迫自己吃了一口。我吃到了最地道的台湾美食，心中还是欣喜的，因为我是吃货呀！

我活泼开朗，乐于助人，同学遇到任何困难向我求助，我都会伸出援手，耐心地回答他们，帮他们分析，直到他们完全弄明白为止。学校举行各类比赛，我都会积极参加，我认为重在参与，享受比赛带来的乐趣，从中积累更多知识，丰富自己的阅历。我能动能静，拿起一本书，我便会废寝忘食，但是打起架子鼓，我又会激情四射，挥动鼓棒跟着节奏律动起来，释放自己，燃烧自己！

这就是我，一个爱学习、爱运动、爱美食的小男生。你们喜欢我吗？喜欢就和我交个朋友吧！

最美逆行人

2020年,新型冠状病毒肺炎疫情暴发,并迅速蔓延至全世界,新冠肺炎疫情已经危害到全球70亿人的生命。与此同时,又有那么多的逆行人,在默默无闻地做着危险的工作,他们是谁?为什么要这样做?

他们是医生,在自己的岗位上救死扶伤。全国各地,总有那么多医生,想为国家效力,想在这场战役中贡献自己的力量。从电视中看见一批批去武汉的医护人员,他们离去的背影,是那样沉重却又令人安心,我心中顿时对医生这个职业充满了敬意。

我的爸爸也是一名医生,他虽然不在一线抗疫,但他也在为他们医院去武汉的医护人员做后援。都在自己的岗位上坚守、奋斗,想尽办法与病毒做斗争。他们面对疫情,他们一直往疫情最严重之地派"兵",前赴后继,医院是他们的"战场",隔离病房是他们与病毒战斗的地方,白大褂是他们的战袍。他们要继续坚持战斗,因为他们有这个高尚的名字——医生!

还有那些党员,他们全部报名,守护自己的小区,主动

为进入小区的人测量体温。不论风吹雨淋,他们都坚守自己的岗位,他们主动去社区服务中心工作的背影,一个个站在小区门口守护的背影,让奋战在一线的人明白:他们不是孤军奋战,身后有那么多人在支持他们!

有些逆行人只是普普通通的工地工人,但他们的一件件壮举,都将被人们铭记于心。7000多人,10天,他们造起了一座火神山医院,留下了一句话:"抢工期就是在抢生命!"

如今,新增的病患越来越少,死亡人数大大减少,治愈人数渐渐增多。我相信我们能看见武汉大学的樱花开放,也依然能看见名扬天下的黄鹤楼。

这些背影,这些最美逆行者的背影,将永远被人们铭记!

二十年后回家乡

时光飞逝，一转眼二十年过去了，我终于回到了朝思暮想的家乡，发现家乡的一切都发生了翻天覆地的变化。

第一站我就来到了我的母校——北海小学。大门口原来的伸缩门变成了50多个闸口，学生们只要刷脸就可入校。我进入学校后，发现装了很多部电梯，也是只要刷脸就可以把你送到相应的楼层、教室。上课时，每个人都会收到上课必需品，桌前还用投影显示，有AI监控，只要分心，老师马上可以知道。我碰到了久未谋面的陈老师，她还是那么漂亮。我们还召开了同学会，我遇到了我的老同学，感到分外亲切，一起回忆了学生时代的快乐时光……陈谱新成了一名清华教授，并获得了数学最高奖项——菲尔茨奖；吴启杭在外交部工作，成了一名翻译官……

我乘坐太阳能亚声速汽车来到了城市广场，广场没有太大的变化，大善塔还是矗立在那里，只是底下超市又重新开张，有成千上万的顾客前来购买，很多大品牌都入驻

其中,堪比世界顶级商城!

我回到家,又买了一辆海陆空三用汽车,带着外公外婆去游览了迪荡湖公园。我把汽车调制成水上模式,绕了迪荡湖一圈。我发现有很多人在这里野炊,鸟儿鸣唱,人们烧烤享受,天空比过去更蓝了,水也更清了,让人仿佛置身于大自然的怀抱中。

二十年后的卫生也让我赞不绝口,即使有落叶飘在地上,也会有机器人打扫,环卫工人就不用顶着大太阳、冒着生命危险在马路中间扫地了。大街上栽满了桂花树,你再也不用对梧桐树落下来的毛毛而烦恼,整条街都非常整洁,香飘十里。

当夜幕降临,晚风轻轻拂过,环城河两旁灯光璀璨,游船在河中穿梭,让人感觉"船在江中行,人在画中游"。往日的公交车站也焕然一新,乘客的手机显示屏上都会显示几路公交车即将进站。当要下车的时候,手机也会提醒你,该下车了。马路都是平坦的柏油路,再也不会有积水或汽车爆胎的现象。

这就是我理想的二十年后的家乡,更加繁华,更加智能化,也更加让人流连忘返。但不管怎么变化,都不会改变我对家乡的思念,因为这是我魂牵梦萦的家乡。

"漫画"老师

她留着一头齐肩短发,长着一张学生脸,一副可爱的模样;她身材高挑,喜欢穿裙子,而且每天都不重样,仙气十足;她有时如沐春风,有时声色俱厉。她就是我们经验丰富的班主任——陈老师。

当我们答不出问题而焦躁的时候,陈老师会细声细语地让我们再想想,她身上似乎有什么魔力,答案会一下子从脑子里蹦出来,这时,题已解,我们的心就像吃了蜜一样甜。

当我们身体不适的时候,陈老师会耐心询问情况,与家长及时沟通。她会根据不同的情况,给我们提出不同的解决方法。她就像妈妈一样,在我们最需要关怀的时候,及时送上温暖。

当我们的追逐声、吵闹声、尖叫声……混成一片时,她只要轻轻走到教室门口,瞬间教室里就会变得鸦雀无声,她用一个让人无法琢磨的眼神,就能让我们安静下来。我知道这时的她对我们肯定有怒气,有失望,她不需要狠狠地批评我们,我们心里都能明白。但是有一次,我们在做

眼保健操时,因为有同学睁眼被提醒,而这名同学竟然不服气,竖两次中指以示反抗,结果被记上名后,他索性不做了。一下课,陈老师得知此事,就立马把这名同学找来,一边是骂得面红耳赤、唾沫飞溅,另一边是被骂得狗血喷头、涕泪交流。老师骂得青筋暴突、血压升高,学生被骂得哭哭啼啼逃回教室,可谓"惊天地,泣鬼神"!

　　陈老师实在是太忙了,平时会叫几个同学帮忙批改作业。能为陈老师分担一些事情,也是我们的荣幸啊!陈老师也有可爱的一面,她喜欢吃各种各样的小零食,是躲在办公室里偷偷地吃哦!虽然和陈老师只相处了一年多时间,但我们对她的感情日渐深厚,她既像严格的家长,又像可爱的小女生。

　　这就是我心目中完美的陈老师!

人可以被毁灭，但不能被打败

引：这个星期，我看了一本美国作家海明威写的《老人与海》。

介：这本书主要讲了这样一个故事：老人圣地亚哥在海上捕鱼，84天一无所获，第85天，他捕到一条大马林鱼。这条鱼把他在海上拖了三天三夜，老人杀死了它，回程时又碰到鲨鱼，靠岸时大马林鱼就只剩下骨头了。

议：我认为圣地亚哥是一个坚强不屈的人。面对一次次失败，他并没有气馁，还是坚持努力不退缩，所以才能钓到那条大马林鱼。可老人又一不小心招来了鲨鱼，他与鲨鱼勇敢地搏斗，但大马林鱼却只剩骨头了，老人最终一无所获。

老人是顽强的。他在捕捉大马林鱼的过程中，经历了三天三夜，可并没有放弃，紧紧拽着鱼线，不让大马林鱼逃走。三天三夜啊，这要多么顽强的意志才能坚持下来，老人的手已经不行了，他就左右手交替拉。他战胜了大马林鱼，也战胜了自己想要放弃的想法。由此可看出人是不能

被打败的!

联:圣地亚哥的故事,让我想到了《西游记》中的师徒四人。他们中最不会被打败的是唐僧。他被妖魔抓过,多次经历生死,但是他并没有因为去西天的路多么险,路上的妖怪多么可怕而放弃,而是更加坚定地要去取经,因为他的意志是不会轻易被打败的! 他跟圣地亚哥是一样的,都有着坚强不屈的精神,我们要学习他们的精神!

结:我们在生活中会遇到很多困难与挫折,这些都是对人生的一种磨炼,我们要去勇敢地面对它们,而不是退缩,这样才会磨炼出真正的自己,生活会因为我们付出了努力而更加精彩!

夏 之 声

"知了知了"，蝉的叫声把我从梦中吵醒，新的一天开始了。如今已经是夏天了，太阳早已高挂天空，我睡到太阳晒屁股了。今天，我带大家去听一听属于夏天的声音吧！

自然界

"哗啦啦"，下阵雨了！豆大的雨点像断了线的珍珠一般，"噼里啪啦"地洒落在大地上，仿佛一位粗心的画家一不小心把灰色颜料泼在画纸上，又在上面加了几条黄颜料，和"轰隆隆"的雷声，构成了这场气势磅礴的雷雨。雨点"噼里啪啦"地打在窗玻璃上，奏响了一首动听的雷雨交响曲。

原先大海风平浪静的，海浪轻轻拍打沙滩，产生"哗哗"的声音。可是，海中央并没有这么平静，它正在掀起惊涛骇浪，船上传来人们的惊呼声：大自然多么凶猛。

动物界

这时，乡村正是一幅和谐的画面：顽皮的鸭子在水中

"嘎嘎嘎"地欢快嬉戏；勤劳的公鸡一大早"喔喔喔"不停啼叫，提醒人们该干活了；尽职的母鸡在自己的窝里"咯咯咯"地孵蛋，照顾着自己的孩子；忠诚的看家狗懒洋洋地卧在树荫下，伸长舌头喘个不休；老人们坐在凉快的地方，摇着蒲扇，聊着家常。而可恶的蚊子却"嗡嗡嗡"叫着，让人心烦意乱，还时不时叮你一口，吃你一口血，结局当然是惨死在人手中。

植物界

看，池塘里的荷花开了，"噗"的一声，又开了一朵。这正是树木最茂盛的时候，大树投下一片浓荫，人们都坐在树荫下纳凉。微风吹过，树叶"沙沙"作响，小草被太阳晒得垂头丧气、奄奄一息，但一阵雨过后，它又精神焕发挺直了腰。

不和谐之声

"突——突——突——"电锯启动了，伐木工人砍向大树。"砰"的一声，一棵百年老树慢慢倒下，它坚持到生命最后一刻；一只野兔倒在血泊中。这一切都是人类干的。人类砍伐森林，使它变成了沙场，亚马孙雨林正在缩小，动物皮毛被做成皮包，这一切都因为人类的杀戮。请保护自然！

夏天的声音是美妙的，但也有可恶的声音……

这个暑假真高兴

过完了一个紧张的学期,又一年暑假到来。暑假里参加的一次小队活动,让我记忆犹新。

这次小队活动的地点虽是我已去过多次的兰亭,但此次是去参加十周岁成长礼活动,意义非凡。

进入大门,我们看了关于"兰亭"二字的来历。继续向前,便是那三角亭中的"鹅池"碑了。"鹅池"碑也叫作父子碑,是王羲之与王献之一起写的。瞧,那儿还有两只鹅呢!走到尽头是四角亭中的"兰亭"碑,是康熙皇帝亲手写的,但曾经断过,我们现在看到的是两段接起来的碑。再次走上石子小路,立在面前的是八角亭中的碑,而这块碑上有康熙皇帝亲手写的《兰亭序》,上刻有祥云纹、龙纹、凤纹等,背面有一首乾隆皇帝的诗。

接下来,我们就要去王右军祠,祭祀这位"书圣"。我们身披长衫,进入王右军祠,向王羲之持香三鞠躬。出来时,我们已满头大汗。现在我们进行"曲水流觞"活动。觞是一种酒杯,我认为它就是今天的耳杯。只不过我们今天不是用来喝酒,而是用来喝可乐。随着音乐,第一杯"酒"

给了那天的寿星——小陈。酒令是这样的：酒杯停在谁面前，谁喝"酒"，喝完吟诗一首。第二杯"酒"是我的，我吟了《将进酒》，结果吟到一半忘了，惹得同学们哄堂大笑。

去兰亭书法博物馆的路上，我们举行了十周岁成长礼。第一项是洗手，只需将手伸进水中擦擦就行了。令我记忆最深刻的是敬茶与写"孝"字。敬茶时，我把茶递给老妈，她刚要喝，我猛地一灌，把老妈呛个正着。这一幕刚好被我旁边小李的妈妈看到了，她说："你给你妈喝茶像吃毒药似的。""孝"字，我写了两个，回去让老爸一评，老爸说两个都不好，我很生气地说："一个给你，一个给老妈。"这两个"孝"字是用毛笔写的，因为我练过毛笔字，才能写这么好。小俞因为写太小了，加了一个"顺"字，成了"孝顺"。

这次活动让我们更加深刻地了解了兰亭的文化，书法艺术也丰富了绍兴古城！

不幸中的奇迹

——读《驭风少年》有感

引:我合上书页,激动的心情久久不能平复……

介:马拉维是一个非洲小国,饱经各种苦难,主人公威廉·坎宽巴就出生于此。1997年,他被迫辍学,在家中自学,有了造发电风车的梦想,最后实现梦想,参加了 TED 全球论坛。

议:威廉·坎宽巴是一个勤奋好学勇于实践的人。他被迫辍学后,并没有失去对学习的热情,他去图书馆寻找知识,在图书馆中自学,并且超前于他的同学们。一次偶然的机会,让他有了造发电风车、让全家通上电的愿望。他为了这个梦想不断努力着。没有材料,就去垃圾堆里找;没有零部件,就去废品堆里找。这些都是在迷信、饥饿和疾病的三重压迫下进行的! 谁都想象不出来那时的情形,他完成了第一架能为收音机供电的风车之后,并没有停下脚步,而是继续"研究并造"更好的风车。如果我是威廉·坎宽巴,我一定不会去创造风车,而是以吃饱肚子为原则,不去干不必干的活,在家中休息。

联：科学家爱迪生并不是简简单单就发明出每一样东西的，我们所不知道的，是在辉煌的背后，他成百上千次的实验。他或许经历过实验室爆炸的危险，面临腐蚀性液体的考验，那一个小小的电灯泡，凝聚了这位科学家多少的智慧和汗水。他并不是一碰到困难挫折就放弃发明的人。"天才是九十九分的汗水加上一分的智慧"，科学家的发明，文学家的文章，清华北大学生的成绩，都是他们用汗水换来的！他们需要的是一颗勤奋好学，勇于实践的心！

南仁东是中国天眼FAST的负责人。天眼是一个令人惊诧的项目，500米的直径打破了阿雷西博射电望远镜创下的纪录。现在，中国天眼已经端坐于大山之中了。但是，我们看到的也只是中国天眼的华丽外表，我们没看见的，是南仁东团队在背后的准备。中国天眼的建造只用了短短5年，建造前的设计却用了10多年。这些人是伟大的，他们将勤奋好学与勇于实践结合起来。这是中国的突破，以前我们从未造过直径大于100米的射电望远镜，是他们，将自己的青春年华奉献出来，他们的智慧全部投入了FAST工程中，他们是伟大的！

结：主人公威廉·坎宽巴的优秀品质值得我们学习，只要我们有一颗勤奋好学、勇于实践的心，梦想一定会实现！

雷 雨

夏雨轰轰烈烈下了一阵，像打了败仗的将军，转身就逃，不见了踪影。

夏日的一天，刚才还是晴空万里，突然西边黑压压的，一看就是乌云大军冲来，准备用雨攻击这美好的天气。这乌云给我一种沉重压抑的感觉，我的心开始烦躁不安。

它来了！太阳收拢了笑容，用乌云遮住自己的脸庞。乌云飘了过来，它派出了一支先锋部队——小雨。"淅淅沥沥"，小区的池塘里漾起了一圈圈涟漪，像一枚枚螺壳漂在水面上，树叶也随着这轻快的节奏跳起了舞。

乌云大军到来了，顿时电闪雷鸣，对着大地一番狂轰滥炸。暴雨让池塘溅起一朵朵水花，树叶被雨打得死的死，伤的伤，树枝在风中摇摆。雨珠溅在玻璃窗上，展开雨的幕布。窗外，暴雨展开雨幕，远处的青山朦朦胧胧，山腰处缠绕的云雾，更给青山添加了一种神秘感。

乌云好像变淡了，雨好像小了，我推开窗，看到雨水在地上形成了一条弯弯曲曲的小河，向池塘流去。树叶被掉落下来的雨珠打了下去，又恢复了模样。会稽山脉隐隐约

约能看见,南天门与炉峰禅寺清晰可见。地上的小草又恢复了精神,不再耷拉着脑袋,而是昂首挺胸,仿佛在向路人展示自己的精神面貌,水珠似乎成了它脖子上闪烁的珍珠项链。

雨终于停了。蜘蛛网上挂满水珠,在阳光下形成了七色彩虹。蜘蛛呢?原来它又在织网,这张网已经断了线,对它没有任何用处了。人们走上街头,呼吸着新鲜的空气,仿佛一切事物都变得清新。漫步街头,见见雨后的样子:小河"哗哗"地往前流去,池塘里鱼儿跃出水面,青蛙"呱呱"地叫着,时不时抓一两只小虫儿吃吃,享个口福。

雨像轰炸机,轰轰烈烈,扔了一堆小炸弹,立马走了;雨,又像国画家,把大地绘得像国画一般美丽,让人有豪壮奔放之感,感受到夏雨的魅力。这种"黑云翻墨未遮山,白雨跳珠乱入船"的场景,让人惊叹不已。

家在中国

"我们都有一个家，名字叫中国，兄弟姐妹都很多，景色也不错。"每个人都有自己的"家"，无论这个家是富还是贫，是大还是小，都是我们永远的港湾。

"家"可以在工作岗位上。天安门广场上的升旗手们，日复一日、年复一年地守卫着国旗，要知道这不仅仅是一面旗，更代表着一个国家，代表着这个国家背后强大的中华民族！我也是我们学校的升旗手，每天早上都拿着国旗在操场上升旗。我坚信，我每天早上升起的并不是简简单单的国旗，而是学校的尊严，国家的尊严！老师告诉我们，只要国歌响起，国旗升起，无论你在哪儿，都要停下，面向国旗行礼。这是每一个中国公民都应该做到的爱国行为。

我妈是一位共产党员，每天都看"学习强国"，我也从中获得了不少知识，比如有一些地方的名字、规定及法律，还有一些中国的古典文化，这些知识让我受益匪浅。对我们来说，"学习强国"可以增长很多知识，对大人们来说，可以让他们了解法律，确实有用！

我爸虽不是共产党员，但他也在努力了解中国古代文

化，他看《明朝那些事儿》，平时也经常跟我聊古代发生的一些事，我们两个都能给对方更多的支持。我现在正在看《三国演义》，也学到了不少古代文化。每个中国人都应该有自己的一份爱国情怀，尽力去做好自己的事，这是最好的。

人与人手牵手，心连心，56个民族团结在一起，社会主义核心价值观的24个字，也会深深刻在每个人的心上，传进别人的心中，从而传遍全中国，让中国人做到这12点，让人民见证中华民族的强大和富强！

正因为有了这个家，中国人民可以富强；正因为有了这个家，爸妈有了工作；正因为有了这个家，我得以上学。

这个温暖的家——中国，是我们永远的港湾！

时光匆匆

时光匆匆，它冲淡了一些回忆；时光匆匆，它带走了许多快乐时刻；时光匆匆，它带走了许多人与物。

往　事

太爷爷是一位老兵，他参加过许多战役，如抗日战争、解放战争、抗美援朝战争。他出生于1921年，也终于见到了我这个重孙。我们丛家最多时有四代，是标标准准的丛家四代，我有照片呢！太爷爷和太奶奶那儿以前我们每年必去一次，就在上海，开车时间不怎么长。太爷爷和太奶奶两位老人家很疼我。小的时候我不懂事，吃饭时用手直接抓花生米吃，爸爸妈妈想劝我，太爷爷却说："没关系的，他爱吃就吃吧。"我还记得，以前我还给他推过轮椅，去门前看过瓜藤。

永　别

可这位老人已离我们而去。2019年秋天，上海传来太爷爷快不行了的消息，之后不久，太爷爷寿终正寝了，我们

赶紧去了上海。太让人悲伤了，几个月前我们还去看过他，他还好好的，谁知道转眼便成了这样子，真是"人有悲欢离合，月有阴晴圆缺"。在殡仪馆，我哭得稀里哗啦，满心思念这位老人。最后看到太爷爷的遗容时，我又忍不住哭了一阵子。太爷爷跟太奶奶去了，愿他能捎去我们的哀伤和怀念，毕竟人死不能复生。太爷爷的面孔仍清晰地印在我的脑海中，久久不能忘记。这位老兵虽已故去，但他仍然被许多人牢记，这位老人仍然在许多人的心目中永生！

时光匆匆，它虽然带走了许多人和物，但它带不走的，是我们深深的思念；时光匆匆，照片褪色，但它冲不淡的，是美好的回忆……

重温童年

同学们,我们已经是五年级的学生了,看过的书数不胜数。有的书会让你伤心落泪,有的书会让你捧腹大笑,有的书则使你过目不忘、历久弥新……今天我要向大家推荐的这本书是能使你感触颇深的《草房子》。

《草房子》是我国著名作家曹文轩的作品。他是中国作家协会全国委员会委员、北京作家协会副主席、北京大学教授,是我国第一位获得国际安徒生奖的作家。这本书主要讲了桑桑在油麻地小学读书的六年小学时光,以及他和同学、老师一起留下的美好回忆。

这本书语言优美生动,有许许多多环境描写:"河边的芦苇叶晒成了卷儿,一切植物都无法抵抗这种热浪的袭击,而昏昏欲睡地低下了头。"人物个性也是非常鲜明的。这本书里,有可爱又可气的桑桑,有为了油麻地小学的荣誉认真练习演戏的陆鹤,有知书达理的纸月,还有才华横溢的蒋一轮……从对陆鹤、纸月、桑桑等同学的性格特征、家庭背景和学习生活的描写中,我感受到了同学之间纯洁的友谊和互帮互助的感人情感。虽然他们之间也会出现

各种各样的伤害或矛盾，但是他们的心底儿是纯真无邪的。故事中还有一个坚守在艾地的秦大奶奶，也许你会讨厌她，但我对她产生了怜悯。为什么要拆掉秦大奶奶的房子呢？看到秦大奶奶躺在艾地上，我流泪了。这可是秦大奶奶的唯一财产呀，可校长却毫不留情地把它给毁了……这本书中每一个人的性格都十分鲜明，给我留下了深刻的印象。

《草房子》用数个感人的小故事为我展现了一幅幅动人的画面，并告诉我们：每个人的一生都不是一帆风顺的，生活都会有酸甜苦辣，幸福和辛苦永远和我们相伴。面对挫折，我们不能悲观，要乐观且勇敢地去面对。曹文轩说："学术使我获得了无论做人还是作文都需要的一份静穆而神圣的理性。而创作使我在进行学术研究时，依然保持了一份必要的点石成金的感悟和做人所必需的情趣。"综观曹文轩的作品，从文学作品集《红葫芦》《蔷薇谷》，到长篇小说《山羊不吃天堂草》《根鸟》，都给我们都呈现了一个真善美的世界。

我相信，我能从书中懂得很多道理并学会自信、努力和顽强。书，让我受益匪浅！

高涵芮

精彩的跑步比赛

　　我的学校举办过许许多多运动会，我也参加过很多活动，让我难以忘怀的，还是那次400米跑步比赛。

　　一年一度的运动会召开了，操场上人来人往，聚集了众多的同学和老师：有的忙得团团转，一会儿布置场地，一会儿通知班级；有的在整理衣着，恐怕出现一丝纰漏，导致比赛失利；有的在组织啦啦队的成员，准备为运动员们加油助威……比赛还未开始，我无比兴奋和紧张。我来到操场的中央，看到一个个运动员已经准备就绪。我看了看我的两个对手，心想：她俩都比我矮，说不定我能赢她们；不过，人不可貌相，或许她们的实力比我还要强，我就变成最后了。我紧张得仿佛听到了心脏打鼓的声音，心脏好像要跳出我的身体一样，"怦怦"地跳个不停。比赛即将开始，我做好了赛跑前的热身运动——高抬腿、拉伸腿、小跑等，这样可以让身体马上适应比赛。

　　准备比赛了，我一脚在前，一脚在后，低着头，弯下腰，

双手做跑步的动作,蓄势待发。过了一会儿,"砰"的一声枪响,同组的运动员好似一只只猎豹冲了出去。我一个劲儿地跑向前方,到了转弯处,局势扭转了,我超过了一个对手。我暗暗自喜,如同赢得了这场比赛似的。我信心十足地跑完了一圈,在最后一圈时,我体力耗尽,看着一个个同学超过我往终点跑去。这时,我像泄了气的皮球一样,没有一点力气来完成最终的赛跑。就在这时,我发现啦啦队的同学们原来一直在为我加油。他们呐喊着:"加油,加油,你是最棒的!"我竭尽全力,冲向终点,心想:我一定要完成这场比赛,不能放弃,比赛结果并不重要,坚持不懈的精神才是最重要的! 就这样,我完成了这场比赛。

戴尔·卡耐基曾说过:"多数人都拥有自己不了解的能力和机会,都有可能做到未曾梦想的事情。"在这场比赛中我明白了:每件事情都要竭尽全力去完成,不能轻易放弃。

爸爸妈妈，我想对你们说

父母的爱是一种力量，时时刻刻保护着我们，鼓励着我们；父母的爱，是一种温暖，给我们带来无限快乐；父母的爱，是一种关怀，他们关心我们的身体，关心我们的情绪，像火红的太阳关怀着大地。

妈妈，我想对您说：从小到大，您一直照顾着我，关心着我，在这十几年的生活中，我会犯许多错，惹您生气。有时，我们就像朋友一样亲密、友好相处，时刻关心着对方；有时，我们会吵架，惹得我和您都非常恼火。可不知是什么，让我们的友谊不曾破裂，我们依旧是快乐、亲密的朋友。

每次做作业时，您都会对我说："背挺直，不要塌下去。"可我却听不进去，依旧是原来的样子。当我上床睡觉时，我想：妈妈是为我好，现在不把背挺直，以后就改正不了了。那时，我觉得真抱歉，请您原谅我。每次您下班回家，都问我作业有没有做完，我真觉得听不下去了，因为您说的次数实在是太多了。我知道您是想让我快点做完作业，可以提前做明后天的作业，不用补前面落下的。我每

次回答都说做完了,您也都相信了我。妈妈,我已经长大了,不再是一个小孩子了,我知道您是为我好,可是,每次我都可以自觉地把作业做完,不用您催了,您能答应我吗?

爸爸,我对您说了好多遍,不要再躺着看手机了,可我每次提醒您,您都口是心非,嘴上说着"知道了",却都做不到。这次,有这样的机会,我还是想来劝说您。每次看完手机,您眼球上就布满了一条条如蛛网一般的红血丝。有时,时间长了,眼球上还会出现点点黄斑,走近看,真的太可怕了。每次提醒您,都是为了您好,我希望您能把眼睛保护好。不戴眼镜的时候肯定看不清,如果戴上了眼镜,将会十分痛苦。长期戴眼镜会造成眼球变形,会让近视度越来越深……躺着看手机会对颈椎造成伤害,时间久容易患颈椎病。爸爸,希望您看到后,及时改正这个坏习惯。

父母的爱像一朵花儿,香甜又温暖,我现在真想对爸爸妈妈说一声:我非常感谢你们陪伴我成长!我爱你们!

含羞草的启示

大自然带给了我们许许多多知识,只要你留心观察,就会发现许多奥秘。

星期日,我和爸爸妈妈一起去花鸟市场买了几盆花草,其中一盆是含羞草。含羞草细长的茎绿油油的,看起来十分鲜嫩,细长的绿叶子像一根根尖尖的针。我碰了一下含羞草那尖细的叶子,忽然,发生了一件神奇的事情,我触碰过的那片小叶子,慢慢地向内合拢了。我又触碰了其他叶子,不一会儿,所有的叶子全部合拢了。那个时候,我才知道它为什么叫作"含羞草"。因为一旦有人触碰它的叶子,它的叶子就会立马合拢,好似一位害羞的小姑娘。我知道了含羞草名字的由来,可我一直不知道含羞草为什么会"害羞",心想:真想快点把它买回家,然后一探究竟。

我回家后,查了百度。原来,在它的叶柄基部有一个膨大的器官叫"叶枕",叶枕内有许多薄壁细胞,这种细胞对外界刺激很敏感。一旦叶子被触碰,刺激就立即传到叶枕。这时,薄壁细胞内的细胞液开始向细胞间隙流动而减少了细胞的膨胀能力,叶枕下部细胞间的压力降低,从而

出现叶片闭合、叶柄下垂的现象。

含羞草原产于热带地区，那里多狂风暴雨，当暴风吹动小叶时，它立即把叶片闭合起来，使叶片免受暴风雨的摧残。这是它适应外界环境条件变化的一种进化。另外，含羞草的运动也可以看作一种自身保护的手段，稍碰它一下，它的叶子就会立刻合拢，这样，动物也就不敢再吃它了。含羞草不能放在封闭的环境里，它全株有毒，含有一种叫含羞草碱的物质，如果经常接触含羞草，含羞草的叶子会变黄，甚至掉落。连续的刺激会使得叶枕细胞内的细胞液流失，不能及时得到补充，从而在短时间内不再张开或合拢。所以，我们不要经常无聊地触碰含羞草。

我终于知道了含羞草的秘密，感到心满意足，像一朵面朝太阳的花朵一样。大自然中会有许多启示，只是没有人去发现它，就像高尔基说的那样："没有不可认识的东西，我们只能说还有尚未被认识的东西。"从今以后，我们要善于去观察生活中的每一处细节，去发现、去探寻问题的答案。

疲倦的背影

2020年的春节是与众不同的。以前,家家户户热热闹闹,红红火火。每个地方都人潮汹涌,每个角落都飘散着人们的欢笑声。可今年,道路上空无一人,欢笑声和人群都被突如其来的疫情给打散了,路上看不见密集的人群,只有抗疫一线的医护人员、志愿者和警察们。他们夜以继日、奋不顾身地保护着全国人民,没有他们,我们就会手足无措。

每个昼夜,穿白大褂的医护人员们坚守在自己的岗位,只要病人有什么需求,他们就会准时到达。患者由于病情严重,情绪低落,变得急躁。白衣天使们就耐心地安慰他们:"没事,不要害怕,保持良好的心态。有我们在,一定会战胜病毒的!"一句句安慰的话语,使患者们有了信心。他们的信心,也是白衣天使的信心。每当白衣战士们脱下防护服,摘下面罩,他们的脸颊让我们格外心疼。脸上的一条条压痕"毁"掉了美若天仙的护士们的面容。她们宁可剪掉漂亮的长头发,变成短发,宁可脸上被面罩压出一条条纹路,也绝不让病毒入侵,坚守在抗疫的一线。

他们日夜守护着国家,那疲惫的背影深深地烙印在我们的心里。

城市的每一处,都有穿着红马甲的志愿者,他们的工作是为全国人民服务,更是为抗疫一线的白衣天使们服务。有的接送医护人员,有的为社区居民买菜,有的不顾自身安危,在方舱医院做志愿者。他们就像家人一样,一直陪伴在我们身边。在他们当中,有老师,有警察,有社区人员。他们都告别家人,去保护国家,舍小家为大家。他们个个都是坚强的战士,与病毒对抗。他们身上的每一滴汗珠,都象征着他们的付出。志愿者的关爱给了我们极大的信心,他们采取措施,防止病毒蔓延。他们日复一日地帮助所有人,疲惫的背影,始终铭记在我心中。

他们都是国家的守护者,日复一日地坚守在自己的岗位上,他们像一位位强大的守护者,更像是一位位意志坚定的战士!

在医护人员和志愿者的共同努力下,我相信,我们一定能战胜病毒。武汉加油!中国加油!

小老鼠玩偶

　　有的人喜欢炫酷灵活的遥控小汽车,有的人喜欢美丽动人的洋娃娃,还有的人喜欢有趣迷人的悠悠球,而我,最喜欢我的玩偶——小老鼠。

　　小老鼠是我5岁时从商场里买回来的。它有一个胖乎乎、圆滚滚的身体,椭圆的外形,一身米白色,如冬天的雪花似的。在它身后,有条又长又细的尾巴,也是米白色的。还有四条又粗又短的腿,要是它会动,跑起来肯定非常快。它的脑袋是个立体三角形,配上两只小耳朵,咖啡色的小鼻子和胡须,一双水汪汪的小眼睛和两颗巨型大门牙,简直可爱极了。小老鼠的外皮是用布料做成的,里面是用棉花填充的,摸起来软绵绵的,好像躺在云朵上一样,非常舒适。它的小眼睛非常可爱,看起来栩栩如生。两颗大门牙,就是它最大的特点,比我的牙齿还要大,还要长。

　　有一次,我和同学一起去参加夏令营活动,因为没有家长陪伴,我心里十分害怕,就想着带一个玩偶,让它陪伴我。我当时就想到了我的玩偶——小老鼠,开始,妈妈不让我带去。但是我和妈妈说了理由,妈妈就答应了。因为

有了它，我不再害怕、恐惧，有了满满的安全感。每次睡觉，小老鼠就像朋友一样，亲密地陪伴着我。我会给它安排好位置，和我一起睡一个既甜美又舒适的觉。它睡我的身旁，一动不动，听我安排，像小孩子一样乖巧。如果它不听我的话，我就会像大人一样教育它。它时不时还会和我讲"悄悄话"，十分可爱。我有时像小老鼠的朋友，有时像它的家长和老师，而妈妈爸爸不在我身边时，小老鼠守护着我、保护着我，好像在家里一样，让我感到既快乐又温馨。

小老鼠是我的心爱之物，它带给我快乐和安全，让我变得勇敢，不再害怕，我十分喜爱它。

如果时间可以倒流

如果时间可以倒流,那我就可以重新体验最有趣的事情,再次享受那一刻的乐趣。

如果时间可以倒流,我想回到1982年,去看妈妈刚出生的样子。我想,她肯定很可爱。我想去看看外婆、外公的生活是怎样的,想为他们分担一些劳累和辛苦。

如果时间可以倒流,我想回到爸爸妈妈小的时候。十一岁时,妈妈自己去上学,她上学的方式马上被我想到了——走。这种上学方式我可不喜欢,那会有多少汗水从我们的背上流淌下来。我会去看看她在学校里的生活,学校不一定很差,但肯定有特别之处,比如:课桌和椅子都是旧的,或者是破的,中午的盒饭都是要自己带去的,等等。

如果时间可以倒流,我想回到2008年,去看看奥运会。在场上,激烈的比赛一场接一场,热烈的掌声震耳欲聋。我最想看的比赛是羽毛球赛,那一定是十分精彩!

如果时间可以倒流,我想回到一岁的时候。那时,我可以爬来爬去,让爸爸妈妈给我讲故事听,躺在小床上可舒适了。在爸爸妈妈的旁边,我的心里一定很温暖,一定

美滋滋的。去青岛的时候,坐在飞机上,飞机上上下下地飞行着,我在他们的怀抱里,一动也不动。

　　说到这里,我还有很多很多想回忆的场景:如果时间可以倒流,我想回到……

赏 菊 花

"莫道不销魂,帘卷西风,人比黄花瘦。"这句词来自李清照的《醉花阴》。其中的"黄花"就是菊花,菊花有各种各样的,五彩缤纷。

从远处看,菊花像一片五颜六色的海洋;从近处看,菊花就像一位位仙女,千姿百态。菊花的品种有很多,有雏菊,有乒乓菊,有千丝菊,有千头菊……我最喜欢的是乒乓菊,因为它的形状非常惹人喜爱。

菊花的颜色也是五彩缤纷,有粉色,有紫色,有黄色,有白色,还有绿色。它的形状就像一只小蝴蝶飞来飞去,非常惹人喜爱。对它的喜爱,不光是因为它的颜色和形状,还因为它的香味。菊花那清淡的香味沁人心脾。要是把菊花摆放在房屋里,整屋的香气会让人感到怡然自得。

菊花的茎有粗的,有细的,有弯的,也有笔直的。有着笔直的茎的菊花就像一个个昂首挺胸的士兵,显得非常强壮。有的菊花的茎跟笔杆一样粗,有的跟小树枝一样粗,还有的像大拇指一样粗,形状各异。

菊花的叶子有长的,有短的,有大的,也有小的。雏菊

的叶子又短又小还非常柔嫩，要是把它重重地一压，它就会被压得粉碎，它肯定会痛的。还有种菊花叫千丝菊，它的叶子长长的，像螃蟹的爪子一样勾起来；层层叠叠的，又像几本书叠在一起一样，非常壮观。

菊花有很多用途，其中一个用途就是可以泡茶喝。在夏天，要是上火了，就可以喝菊花茶来降火。

菊花还象征着吉祥、长寿，除此之外，还象征着淡泊、高洁的品质。

菊花是那样美丽，那样好闻，也是那样可爱。

秋天的景色

秋天是一位画家，用色彩描绘着世界；秋天是一位音乐家，用美妙的歌曲赞扬着一切；秋天又是一位农民，收获着喜悦的味道。

田野上，那是一片金色的海洋，各种庄稼都丰收了。水稻露出了金黄色的小脑袋，好像在呼唤我们快快收下它；火红的高粱成熟了，它像一位士兵一样站立在田上，保护着田野；玉米长得又高又胖，好似一个人吃饱肚子一样，非常可爱。这一切都让人期待着收获。

花园里，五颜六色的花朵绽开了它们的笑容，仿佛在跟秋天打招呼。有菊花、桂花，还有些我叫不出名字的花朵。菊花绽开了它们的花瓣，争奇斗艳，它们都想成为秋天中最美丽的那朵花。桂花的香味沁人心脾，让我们感受到秋天的美好。风一吹，桂花就像仙女散花一般轻轻飘落到地面上，有时，还在空中翩翩起舞。

校园里，每一棵挺拔的大树好像卫兵守卫着校园里的每一处。叶子都从树枝上跳下来，仿佛想和同学们一起玩耍。校园里的蝴蝶都消失了，可能被秋天的风公公给吹冷

了，躲了起来。野草旁的野花被大树照料得格外精致美丽，就像不曾遭受过风雨的摧残。野草也显得格外绿、旺盛，向着阳光顽强生长。

天空格外蓝，雪白的云在天空中飘动着，南飞的大雁一会儿排成了"人"字，一会儿排成了"一"字。它们的队伍非常整齐，相邻的大雁之间还留着合适的空隙。风在天空中吹着，不时发出"呼呼"的响声，大雁们依然顽强地飞翔着，不放弃，朝着一个方向前进。

秋天是美丽的，它的美景让人沉迷，同时它也是一个丰收的季节。

吃西瓜大赛

上课了！一进教室，西瓜甜甜的香气就弥漫在教室里。

张老师拿起小刀，准备切像皮球一样的大西瓜。"咔嚓"，西瓜被切成了两半。西瓜的籽有黑又有白，鲜红的果汁从西瓜上流下，流到了桌子上。它的气味十分诱人，把同学们都吸引过来。

吃西瓜大赛开始了！比赛选手一起亮相，一个是男生，名叫哲涵，一个是女生，名叫嘉越。张老师采访了这两位同学，说："紧不紧张啊？"嘉越迟疑一会儿，说："还好。"哲涵迅速地说："不紧张。"采访后，张老师喊："各就各位，开始。"哲涵迅速拿起一块西瓜狼吞虎咽地吃起来，不一会儿，两块西瓜就消失不见，只留下了西瓜皮，下面的同学都看得目瞪口呆。嘉越也赶紧拿起西瓜开始吃，但没过多久，差点儿就被噎住了，只能一口一口慢慢地吃。很快，吃西瓜大赛的结果出来了。"你们想知道比赛结果吗？你们肯定想知道。获胜者是哲涵。"张老师边笑着边说，"因为男生的嘴比女生大。"下面的同学都哈哈大笑起来。在比

赛过程中,下面的同学就像观众一样,为他们加油,鼓掌。

比赛结束后,王老师给每个同学分了一小块西瓜。我拿起西瓜慢慢地品尝,西瓜的甜度正好,就像糖果一样甜,非常惹人喜爱。王老师又狠狠地切开另外小半个西瓜,桌子上发出了一阵阵"咚咚"的声响。我吃完了,有的同学都还没开始吃,有的同学已经把西瓜吃得"片甲不留",还有的同学吃了半块就停了下来。

通过这次比赛,我明白了:做事情一定要开动脑筋,这样才会让事情变得更加成功、顺利。其实,每项比赛都有它的秘诀和方法,我们都要去慢慢探索。

善良与纯真

——读《海蒂》有感

引:这几天,我读了一本让我深受启发的书,它的名字叫作《海蒂》。

介:《海蒂》主要讲述了一个名叫海蒂的小女孩的故事。五岁时海蒂的姨妈把她送去与阿尔姆大叔一起生活。有一天,姨妈带着海蒂来到了城市,认识了克莱拉,因海蒂患上梦游症,又把她送回了家乡。第二年夏天,克莱拉的轮椅被人扔了,所以海蒂教她走路,最终克莱拉学会了走路。

议:海蒂是一个既善良又纯真的孩子。有一次,海蒂去钟楼上看远处的景色,下来时,看见了一只大猫,随后,跟着猫的主人见到了一窝可爱的小猫。海蒂听到钟楼的主人愿意把小猫送给她,十分激动。她先带着两只小猫回了家,虽然克莱拉的家人并不喜欢猫,但她为了让克莱拉高兴,还是同意把两只小猫带回了家。这也表明海蒂有一

颗纯真的心,她十分喜爱小动物。

第二年夏天,克莱拉来看望海蒂。兴奋的海蒂带着克莱拉到处参观,让她感受自己身边一切美好的事物,这让彼得非常嫉妒。彼得趁别人不注意,把克莱拉的轮椅推到了山下。克莱拉没有了轮椅,看不了景色,在海蒂的帮助下,克莱拉自己一点点地尝试,终于学会了走路,战胜了自己。海蒂真是个善良的人。

联:海蒂的善良让我联想到了生活中的志愿者,他们乐于助人,让人民过上幸福的生活。就像疫情期间,志愿者帮助人民买物资,买食材,还有些志愿者给医护人员捐赠物资。海蒂的纯真让我联想到世界上的每一个孩子。孩子都是有一颗纯真的心,他们善良,拥有最简单的快乐。我们都要去发现外面的世界,去接触一些新事物,拓宽我们的眼界。所以我们要像志愿者一样乐于助人,做一个善良的人。

结:读了这本书,我明白了一个道理,我们都要做善良的人,热心地帮助别人,这样内心就会收获满满的幸福。

这个暑假真快乐

　　暑假里,发生了许许多多趣事,这些趣事都让我难以忘怀,但我最喜欢的还是游泳。

　　星期日傍晚,爸爸和我一起吃好饭,就去奥体中心游泳馆游泳。我们去的时候是六点多,天空中还留着一些余晖,但月亮已经出来了,那天的月亮好像香蕉一样弯弯的。我们很快就到达了游泳馆,换上泳衣进入了泳池。

　　游泳馆有两个泳池:外面一个,里面一个。我和爸爸通常在里面的泳池游泳,里面泳池的水比外面的要深一些,我的脚还碰不到底。爸爸戴好泳镜,"扑通"一声就跳入了泳池,而我呢,还在泳池边适应水温。我在岸边的时候,爸爸早已游到了一半,我一鼓作气,"扑通"一声也跳入了泳池。

　　一开始游的时候,我全身冰凉。我游的是蛙泳,爸爸蛙泳和自由泳都会,因此在我游到二分之一的时候,爸爸已经游到对岸开始返回了。不一会儿,我和爸爸居然碰头了,我向爸爸打了个招呼,继续游,一直游到了对岸。爸爸也很快来到了我身边,我就对爸爸说:"你先别游,和我来

玩一会儿。"爸爸爽快地答应了。我开始狗刨式游泳,游了一小段,突然沉了下去,我和爸爸都笑了。在游回去的时候,我又玩起了潜泳,我差不多能潜十多米吧!

我和爸爸开始返回起点,一开始爸爸在我后面。虽然我已经游得很快,但不久就被追上了。我心想:等一等,我要追上你!我奋力地追赶,眼看就要追上了,但爸爸突然加速,我再也追不上了,因为我早已精疲力尽,爸爸离我越来越远。最终,他还是先到了。我来来回回地游着,已经游了六百米,该休息了,但我还是不停地问爸爸游了多少圈。我潜泳潜到了岸边,你们以为我要上去了吧,不,我是要开始翻跟斗了。往前翻往后翻我都会,但往前翻需要爸爸助力一下才能翻过去。在翻的时候,我一定要用手捏住鼻子,不然鼻子进水可酸了。在爸爸游的同时,我也翻了好多个了,自娱自乐,其实也很快乐。美好的时光都是很短暂的,我和爸爸回去了。

通过这次游泳,我懂得了:什么事情,只要有耐力,多去尝试,就一定会成功。其实游泳也是一件趣事。

秋天的菊园

"采菊东篱下,悠然见南山。"在陶渊明的笔下,我看到了与众不同的菊花。秋天的菊园十分耀眼,因为菊花五彩缤纷。

海丰菊园是一个广阔的菊花园,里面有着各种各样的菊花:有的像手掌,向四周展开;有的是小花苞,含苞待放;还有的像手指,千万个手指从中间往上展开……

在棚中,有各种颜色的菊花:有粉色、黄色、紫色、橙色……真是绚丽多彩。每一种菊花都美丽无比,它们像一群群可爱的小朋友,随风摇曳。在草地上,也有着许多颜色各异的菊花,在微风中,它们轻轻地摇摆着脑袋,像是在唱歌跳舞。人们过来时,它们又随着风弯下了腰,好像在向观赏的人们微笑问好,菊花的美丽也吸引了许多游客。

有些菊花虽然不像别的菊花一样惹人喜爱,但它们也有各自的特点。比如说雏菊,它们的花朵小巧玲珑,颜色多种多样。不同的花朵有不同的美,我们要带着欣赏的眼光看待,才能发现它们那份属于自己的独特魅力。

海丰花园里面并不全部都是菊花,还有一些其他的花

朵,只是你没有发现。它隐藏在花坛的一旁,黄、橙、粉、紫、红各种颜色齐全。虽然它不像菊花一样漫山遍野,但是它却衬托着园内的景色。它就是水仙花。它像菊花的伙伴,又像菊花的助手,站立在旁边。起风时,它摇头晃脑,似乎想引起人们的注意,也好像在说:"快来啊,快来看看我有多漂亮!"花坛中的菊花散发出一种淡淡的香气,随着风四处飘散。人们又好像被菊花的香气吸引,不来看水仙花了。风停止时,它又傲然挺立,默默无闻,静静守候,等待着人们到来。水仙花真是一种默默无闻又感情丰富的花朵!

秋天的菊园,五彩缤纷,让人喜爱,每朵菊花都等待着人们来观赏。

调皮鬼

我们班有许多"调皮鬼"，这些"调皮鬼"都是男生，但最调皮的就是东来了。

东来有着一头乌黑的头发，摸起来特别刺，好像一个全身长满刺的刺猬。他的皮肤偏黑，再配上一双较小的眼睛和总是爱说话的嘴巴，真是一个小机灵鬼。东来比我矮大约半个头，但跑步和唱歌这两方面却特别好。他有一个改不掉的毛病，就是爱插嘴，也就是调皮，他那张一直不停说话的嘴巴，有时候实在让人讨厌。

记得四年级时，我们刚准备上语文课，但王老师还没进来，教室里一片安静。忽然东来的讲话声打破了安静，让一旁正在等老师来的同学也和他讲起话来。

我们看到王老师已离我们不远，大家都坐好了，东来却不知道。王老师站在门口，默默地等着。她看着我们的时候，旁边的同学提示东来转回头去，当他看到王老师时大吃一惊，但装作没有什么事情一样，端正地坐着。这时王老师才上课，大家差不多等了他三分钟吧，浪费了大家的时间。

课上到一半时,东来可能是因为看到了自己感兴趣的东西,在王老师讲课时插嘴,这时,自控力也不怎么好的同学开始和东来讲话。他们聊得越来越起劲,王老师越来越生气,大声地教训东来。王老师一直对他说:"不要插嘴!"但他却改不掉这个坏毛病,反而变本加厉,东来真是屡教不改啊!

被王老师教训后,东来听话了一会儿,认真地听起课来,但在下课前几分钟,东来又开始讲话。那时王老师教训得喉咙都哑了,气得当场离开。下课后,别的同学就对东来说:"你怎么还要讲话,都把王老师气走了,都不能下课,你看怎么办!"同学们都被东来拖累了。

这就是我们班的"调皮鬼"——东来,希望他下次能改掉这个插嘴讲空话的坏毛病。

一份坚强的答卷

在学习中，我们有答卷；在生活中，也有答卷。每一份答卷对我来说，都非常重要。

在周五的大队部竞选中，我克服困难，交了一份坚强的答卷。周五的下午，我和其他两位同学去多功能厅竞选大队委，我心里充满期待和紧张，因为上台表演是我的弱项——我不敢上台表演。大队委竞选开始了，我非常紧张，怕出现错误，被淘汰。我一遍又一遍地读着，看着自己手中的演讲稿，希望在台上不要出现一点差错。前面一个个才艺表演结束了，很快就轮到我了。我对我同学说："我有些紧张，会不会落选啊？"其中一个同学说："没事，加油，不会落选的。"我惶恐不安地上了台，心中仍有一丝害怕和紧张。我深呼吸了一口气，暗自加油鼓劲，开始介绍自己，然后表演朗诵。

当我在介绍自己的时候，因为紧张和害怕，口误了，说错字了。这令我紧张，但又不能停止，所以只能硬着头皮继续说下去。心中一直为自己加油，仍觉得会说错。可是令我惊喜的是，在朗诵过程中，我居然没有出错，这使我自

信起来,把剩余的朗诵内容大声而又充满感情地朗诵出来,我克服了不敢上台的困难,将这份答卷画上了圆满的句号。

记得六岁时,爸爸妈妈让我试试一个人睡。那天晚上,妈妈帮我铺完床铺,我对妈妈说:"我不敢睡,晚上会不会有坏人进来啊?""没事的,才不会有坏人呢。"妈妈那坚定的语气使我放下心来,可当我刚躺下,妈妈刚走时,我又有了一种不祥的感觉,总觉得会有坏人进来。我那时根本睡不着,内心忐忑不安,翻来覆去,辗转反侧,甚至把自己藏在棉被中。过了好久,当我放松下来,觉得并没有什么坏人会进来,就安心地睡觉了。我闭上眼睛很快就睡着了,到第二天早上,觉得没什么好害怕的。从那天起,我就开始一个人睡觉,摆脱了恐惧。

每个人的人生中,都会有无数的答卷,但从这两件事来看,我觉得我完成了一份坚强的答卷。

得到礼物之后

　　我们每一个人常常会得到什么,有些使人快乐、愉悦,有些使人悲伤、失望。那些得到的东西通常是称赞、批评、表扬、礼物……在我的生活和学习中,得到最多的或印象最深的就是礼物。

　　在生活和学习中,我常常会得到礼物。这些礼物里有食物,有文具,有生活用品,也有衣服。其中,我印象最深的,就是圣诞节礼物了。在今年的12月24日晚上,我躺在床上,心中一直想着圣诞节礼物是什么:是文具?是食物?……想着想着就到了圣诞节当天。圣诞节的早晨,天气格外晴朗,太阳升在高空,蔚蓝的天空中飘着雪白的云,我一起床,就去寻找梦中的"圣诞老爷爷"给我的礼物。

　　很快,我就在昨晚放在床脚的红袜子里找到了礼物。我打开红袜子,里面的东西被我全部掏出来放在床上。礼物使我兴高采烈,兴奋得如同遇见彩虹一样,高兴得合不拢嘴。礼物有两样,是皇冠发带和圣诞款系列袜子。我迫不及待地打开了袜子,每个款式都看了一遍,发现每双袜子上都附有图案,真是精致啊!当看见皇冠发带时,我的

第一双反应你们猜是什么？那当然是戴在头上试试。你们肯定也会这么做的。圣诞节那天，我挑了一双圣诞老人款的红色袜子，希望它带给我好运，让我这一整天都很幸运，没有坏事。

来到学校时，心里那种兴奋、快乐完全不能全部表达出来，因为我收到了"圣诞老爷爷"的礼物，一想起它，我心中又涌起一种无法形容的快乐。我急忙放下书包，像一只快乐歌唱的小鸟，急切地询问同学们的圣诞礼物。有人说没有，有人说不知道，还有人得到了礼物，其中有一个同学就得到了一块手表。我也炫耀着我得到的礼物，和同学们分享着我内心的喜悦。

圣诞礼物是我永不会忘却的，每个人都会在生活和学习中得到不一样的东西，常常会使自己快乐或悲伤。

善良与勇敢

——读《王子与贫儿》有感

引:《王子与贫儿》是一本读罢使人久久难忘的书。它是由美国作家马克·吐温所写,书中的故事和人物给我留下了深刻的印象。

介:《王子与贫儿》这本书主要讲述了王子爱德华和贫儿汤姆互换身份后,王子爱德华在迈尔斯·亨顿的帮助下,历尽磨难,最终回到了王宫成了真正的国王的故事。

议:王子爱德华是一个善良而又勇敢的人。在监狱中,王子爱德华和亨顿正要受处罚,旁边也有许多人等着受罚。但爱德华看见两个女人被链子捆在柱子上,认出了她俩正是自己的好朋友,心中觉得她们并不应该挨鞭子,应该把她们放出去。从爱德华的心理活动中,能看出他是一个善良的人,他很同情她们。她们被执行火刑时,发出了凄惨的尖叫声,这样悲惨的画面使爱德华永远也忘不了。他很想放掉那两个女人,但并没有说出口。爱德华与汤姆互换身份后流落在民间,虽然他声称自己是王子,但别人并不相信,反而来嘲讽他、打他。但他并没有反对那

些嘲讽他和打他的人,而是勇敢面对这些打击,他一直在寻找恢复身份的机会。爱德华经历了重重困难,饱尝民间疾苦,终于在新王加冕的大典上成功复位。爱德华这种勇敢坚强的精神永远值得我们学习。

联:爱德华的这种善良勇敢的品质,让我联想到《海蒂》这本书的主人公。她被姨妈送到城市的富人家时,虽然不能适应生活环境,不能接受家中的条条框框,但是海蒂勇敢面对这种新生活,不直接说出想回家的想法。在她被克莱拉家的管家骂时,也从不反抗,而是坦然接受,将所有想法都堆积在心中,不说出来。在第二年夏天的时候,因为克莱拉的轮椅被彼得扔下悬崖,克莱拉无法行走,善良的海蒂帮助克莱拉学会走路,让克莱拉摆脱了多年的行走障碍,获得了快乐。

结:《王子与贫儿》这本书中有许许多多道理,但其中的一个道理令我无法忘记:一个人只要拥有善良的心,久而久之,每一个人都会尊敬你。而且,无论遇到多少困难,都要勇敢坚强地去面对和克服。

雨 中 景

雨,是一位演奏家,演奏了无数动听的乐曲;雨,是一位歌唱家,为人们唱了优美的歌;雨,是一位舞蹈家,用优雅的动作向大家展示自己。

天空中乌云密布,天阴沉沉的,好像快要塌下来似的。猛烈的风"呼呼"地吹着,吹得树木使劲摇动,吹得外面的鸟儿赶快飞回家里,吹得人们瑟瑟发抖,把衣服裹得紧紧的。天上的乌云变得更多了,更密集了,好像聚在一起讨论着:是下雨还是不下雨。一瞬间,天上电闪雷鸣,颜色由灰到深灰。忽然,绵绵细雨从天而降,好像一个个跳伞员。从天上跳下来,安安稳稳地落在地上。

蒙蒙细雨使马路上的人们撑开了雨伞,玩耍的孩子都回家去了。闪电从天空中一闪,整片天似乎受到了惊吓,雨慢慢地变得大起来,"哗哗哗"地给万物洗了一个舒服的澡。雨的颜色是透明的,滴在嫩绿的芽上显得格外晶莹剔透,无比美丽。

天好像心情不好,雨下得比刚才更大了,蒙蒙细雨变成了倾盆大雨,路上的行人都回到家中,路上空无一人,猛

烈的雨点"滴答滴答"地打落在街道上,那清脆柔和的雨声惹人喜爱,犹如一曲动听的乐曲,雨就是这首交响曲的作家。雨像一个可爱的舞蹈精灵,和树木们一起跳着欢快的舞蹈,所有东西就在如倒水般的雨中,和雨成了好朋友。

大雨渐渐又回到如初那"沙沙沙"的细雨,天逐渐地变亮了,乌云也变少了,所有事情都停了下来,雨也停止了吵闹,平静了。彩虹害羞地从天边出来,为人们带来快乐,太阳也来凑热闹,为人们和大自然带来了温暖。

"空山新雨后,天气晚来秋",雨是大自然的朋友,给人们带来凉爽。

家乡的味道

　　每个人都有自己的家，无论是家庭还是国家，它们都是我们的家，一个温馨的家。就如纳兰性德所说："风一更，雪一更，聒碎乡心梦不成，故园无此声。"

　　我的家乡在绍兴，一个古色古香的城市。走进绍兴城，我就会涌起一股温暖亲近的感觉，那是一个充满爱的地方。鲁迅故里的每一个地方，都有绍兴的味道，比如：臭豆腐、霉干菜、黄酒……彰显着绍兴独一无二的文化印记。当我在外地游玩时，看见臭豆腐，我就会自然而然地想起我的家乡。那是家乡留在我生命中的味道，使人难以忘记。

　　那次我们去丽江游玩，当我们走进丽江古城时，看到古城中到处挂满红灯笼，红红火火，热热闹闹；我也被各种各样的美食吸引住了。那灯笼，那小巷，使我想起绍兴过年期间的样貌，就好似在绍兴，但却没有了身在绍兴时的那种温馨和亲密。虽然是在外地游玩，但是我依然忘不掉绍兴，绍兴独特的味道仍然留在我的脑海中：凹凸不平的石板路，春节挂在马路上的红灯笼，那美味诱人的霉干菜

扣肉……仿佛眼前的美景与繁华也黯然失色。

在外公的田里，依然有着浓浓的家乡味。踏过的小桥流水，走过的田间小路，看过的林间小径，依然有着浓浓的家乡味。可现在很多东西消失了，只剩下平地，永远不能再踏过了。我在田间小路中散步，在小桥流水中玩耍，在田里拔菜、做农活，美好的瞬间可能再也回不来了，但我仍忘不了它，它就是我的家乡，我永远忘不了，那温馨的家。

我的家乡是绍兴，那个古色古香的地方，我永远不能忘怀，因为，绍兴永远是我们温馨的家。

生命中最重要的人

　　生活中有许许多多事情,有让你无法抹去的回忆。这些不得不经历的事让你难以忘怀。在人生的道路上,有着许多困难和离别,每一个人都会经历到,而每一次经历都令人感慨万千。

　　那个七十多岁老人的背影,永远烙印在我心中……他那年迈的手掌上,有很多劳动的印记,辛苦的劳动使他汗流浃背,这个老人就是我的外公。我永远也见不到他了,他已离开了人世。这伤心的事情怎能让人轻易忘怀?

　　小时候,我经常到外公外婆家去玩耍。外公带着我到处游玩,这使我很高兴。他带我去各个地方欣赏景色,领略大自然。外公带我和外婆看过游泳比赛,那激烈的游泳比赛让我热烈欢呼之余,也让我爱上了游泳。

　　外公除了带我去各个地方玩耍,看比赛,看美景,他还带我去田间。

　　外公背着个大箩筐,手中拿了个大锄头,带着我来到田间,我们一起走过石桥,走山路,外公的田在一个较远的地方。我那时候还小,就问外公:"外公,什么时候到啊?"

"马上到了。"外公和蔼地说。就像外公说的一样，很快就到了。外公立刻工作起来，我在旁边看着，不一会儿他就拔了无数棵玉米。外公早已满头大汗，因为那天正是大晴天，外公忙碌的背影牢记在我心中。那些玉米还小着呢，根本没有长到成熟，就拔掉了，外公说是给我吃的。外公拔完玉米后，就带着我回到了家中。

晚上爸爸妈妈在外婆家吃饭，菜里有玉米，那是金黄甜糯的玉米，我早已虎视眈眈。那味道真是鲜美，好像在吃糖果一样，特别甜。吃晚饭时，妈妈问道："玉米呢？"外公看向我，笑眯眯地对妈妈说："早被你女儿吃掉了！"大家哄堂大笑。

这样的美好时光已经没了……

外公那忙碌的背影使我牢记在心，那个一直关心着我的人离开了我，我怎能忘记？

陈思妤

秋天的旅行

秋天是美丽、芳香、收获的季节。

果园里，秋姑娘已从这儿走过。红艳艳的大苹果早就挂在了树枝上，它们有的像害羞的小女孩，用手捂住脸，不让别人偷看，有的像调皮捣蛋的小男孩，在树上摆好姿势，正准备往下跳。黄澄澄的大鸭梨，像一个个宝葫芦，有的头小身大，像一个上下分布不均匀的小人。啊，哪儿飘来的这种沁人心脾的幽香，顺着香味走，就来到了一片长满紫葡萄的园子。一颗颗晶莹剔透的葡萄，像一个个小巧可爱的玛瑙，又像一颗颗闪着光芒的宝石挂在藤上。山楂一口咬下去，那股酸味直往心里钻，但过一会儿，嘴里却有了一种酸酸甜甜、独特的味道。金灿灿的柿子挂在枝头，像一个个小灯笼。此时，一只鸟儿飞了过来，啄着它那甘甜可口的果肉，不一会儿那个柿子便所剩无几了。

秋姑娘踏着轻快的脚步来到了田野，只要她走过那儿，那儿的东西便成熟了。田野上，一个个玉米棒探出了

小脑袋,欣赏着秋天的美。高粱似乎生气了,板着他那黑黝黝的脸。远处的稻子被他逗乐了,早已笑弯了腰。田野上一位位农民正在辛勤劳动。这时候,一阵微风悄悄拂过,为劳动的人们拂去汗水,让生气的高粱消消怒火,让玉米脱掉了厚重的外套,让稻子笑弯了腰。

　　秋姑娘还没走遍所有地方,但天气已经渐渐暗下来了,她这才回去休息,准备明天有趣快乐的行程。

我的画家梦

我有一个梦想，就是做一位画家，因为这才是我真正想做的事。

我要当一位画家，拿着手上的画笔，画一幅赞美中国的图画。有了这一幅画，只要让外国人看到，许多人就会慕名而来。到了一传十、十传百的时候，中国就变得家喻户晓，大量外国人都知道中国人热情好客，中国山清水秀，珍馐数不胜数。

如果我成了画家，我要画一幅有趣的星球画，画中都是奇形怪状的星球，有科技发达的科技星，有被动物包围的动物星等。等画好了这幅科幻画，我就会拿着它，去拜访一些大名鼎鼎的科学家，让他们研究出和画上一模一样的星球，把它们做成仿真模型送给世界各地爱好探索宇宙奥秘的小朋友们，再把它们做成一个个商场和一间间屋子，让大家在里面游玩，住上几天，好让孩子们想象这些人工星球到底是什么样的。

我要成为一名闻名世界的大画家，用拥有魔力的彩笔，画出一幅高山流水画。画世界最高峰——珠穆朗玛

峰,画中国的母亲河——黄河,画一些瀑布,让人看了这幅画,眼前仿佛就出现了这些高山、大河。我要用强大的科技,把画中的东西带到人们的身边。

我是一名画家,我要画出一幅奇怪的地图。这幅地图有着神奇的魔法,你心中想要去哪儿,它就会带你去哪儿。这样,你就可以去你想去的地方,随心所欲。

现在,我心里就想画一幅画,名字就叫《加油吧,我的美术梦》。

儿 时 记 忆

　　儿时发生的事,一件件被我深深地印在了脑海中。这些往事有的令我快乐、高兴;有的让我惭愧得难以忘怀。而最让我记忆犹新的,却是一次恶作剧。

　　这一件事,发生在我上幼儿园的时候。那时候我只有五岁,还是一个常常生病的小孩。这天,我身体十分不舒服,食不下咽,坐立不安。一不小心,稚嫩的小手打翻了一只放在桌沿边的碗。"啪",伴随着清脆的声响,碗摔在了地上,碎成了许多小小的锋利的陶瓷片。这时候,妈妈怒不可遏,气冲冲地走到我跟前,狠狠地对我说:"快,快去把扫把拿来,把陶瓷片扫了,然后给我面壁思过!"被妈妈这么教训过后,我心中愤愤不平,心想:嘿,小时候打破一只碗是难免的事呀,我从外婆口中得知,你小时候打破过十多只碗呢,我就打破了一只,用不着这么凶我吧。

　　当天夜里,我躺在软绵绵的小床上,翻来覆去,怎么也睡不着。其实,我睡不着的原因很简单,就是想报复妈妈。突然,我灵机一动,有了! 妈妈的洗面奶和牙膏长得极其相似,于是我打算把这两样物品换一下,让我消了这深深

的委屈。说干就干,我悄悄地从床上爬起来,轻手轻脚地经过爸妈的房间,来到了目的地——洗手间。接着,我小心翼翼地将它俩交换了一下,大功告成!我强忍着高兴的心情,喜滋滋地回到了房间,安心地睡觉了。

第二天大清早,我特意起了个大早,坐在马上就要洗漱的妈妈旁边,准备看一场"好戏"。首先,妈妈拿出冒牌货牙膏,挤在了牙刷上,便开始刷牙了,刚开始,妈妈还没察觉,慢慢地,她发觉牙膏没有泡沫,嘴里就喃喃道:"这牙膏是怎么了,为何没有泡沫呀?"但是妈妈并没多疑,直到刷完牙,漱好口,妈妈才再次说:"这牙膏怎么是苦的呢?"

接下来,第二场好戏开始了,妈妈熟练地拿出"洗面奶",挤出一些,然后往脸上涂开。但是,这是牙膏,在脸上涂不开,为了解开妈妈的疑惑,我走上前,对妈妈说:"这是牙膏。"

这就是我儿时的秘密,我好好地"报复"了妈妈。

劳动是一次成长

俗话说:"一分耕耘,一分收获。"寒假里的一天,我自告奋勇地做了一次既艰难又有趣的家务——洗被单。

那是一个星期天的早晨,我还在美梦的世界中自由自在地遨游,这时候,妈妈走进我的房间,径直走到窗前,将窗帘拉开。猛烈的阳光射了进来,但是爱赖床的我自有办法,头往被子里一钻,被子往上一拉,又若无其事地睡了。妈妈见我还不起来,就一把将被子掀开,硬生生地让我起来。妈妈对我说:"你不是爱玩水吗,今天就让你一边劳动,一边玩水。""那太好了!"刚刚还没睡醒的我一听到"玩水"两个字,马上打起了精神。妈妈继续说:"这个劳动任务就是洗被单,东西全准备好了,都放在阳台了,快去吧。"

我怀着激动的心情走到阳台上,就开始洗被单了。首先,我在大大的水盆里倒满了热乎乎的水,把放在一旁的被单放了进去,但是水太多了,都溢了出来,阳台上顿时形成了一条小河。我把手伸进水盆里开始奋力搓洗被单,搓着搓着,我瞧见被单上有油渍,于是拿起不远处的洗洁精往盆中挤,可一个不小心,"啪"一用力,半瓶洗洁精被我用

完了。这下可好了，不管我怎么搓，这些令人讨厌的泡沫不但没有变少，反而越来越多，在一边观看我滑稽地洗被单表演的妈妈终于帮了我一把。只见她把盆中的肥皂水倒掉，用大量清水冲洗被单，在妈妈的一番努力下，被单上的泡沫少了许多。

接下来是我最喜欢的环节——踩被单。我脱下鞋子，跳进了盆中，像是准备跑步了。然后，我站在这滑溜溜的"跑步机"上，开始了激烈的运动。在我跑的过程中，不断有脏水溅出来。正跑得高兴，"啊"的一声尖叫从我嘴中传出。原来，被单太滑了，我一不注意就跌倒了，裤子都湿了，但我顾不上换裤子，又踩起了被单。最后，在我的努力下，被单终于洗干净了。

这次劳动后，我似乎长大了些许。通过这次劳动我明白了，只有挑战自我，才能获得成功。

给"汤圆"画张像

　　她,总是扎着马尾辫,瓜子脸上有着一对细长的柳叶眉,眉毛下有着一双水汪汪的大眼睛,挺挺的鼻子下有一张能说会道的樱桃小嘴。她还是一个爱臭美的女孩,常常身穿美丽的裙子,有蛋糕裙、直筒裙,还有公主裙。每当穿裙子时,下面便穿双小皮鞋或凉鞋。

　　瞧!今天,这个爱臭美的"汤圆"又穿着她心爱的公主裙,来学校参加"六一"儿童节活动了。我心想:"汤圆"今天可是要画黑板报的,她不怕弄脏裙子吗?正这么想着,她便过来问我:"你在这发呆干啥?"我回答:"今天要画儿童节黑板报,你穿得这么漂亮,不怕被弄脏吗?""我是主持人,不用画黑板报。""汤圆"说。"那好吧。"我了然地点点头。这时,我看见班主任走过来了,赶紧拉着"汤圆"朝教室跑去。

　　当我和她跑回座位时,只听"丁零零"的上课铃声响了,老师走进教室,大声宣布:"六一节联欢会正式开始。"霎时间,同学们欢呼起来,"汤圆"和其他三位主持人在欢呼声中,迈着自信的步伐走上了讲台。这时"汤圆"用她甜

美的声音说道："尊敬的老师们，亲爱的同学们，大家上午好！""啪啪啪"，台下响起了一阵阵雷鸣般的掌声。这时，刚刚还有些害羞的"汤圆"也笑了起来，嘴角的小酒窝露了出来。

"接下来，是游戏环节。""汤圆"主持起来游刃有余，看得出她是有备而来。说完游戏规则，她又拿出她的娃娃，和大家玩起了"娃娃接力赛"这个游戏，结果，音乐停的时候，娃娃竟回到她手里。没办法，"汤圆"只好出了一个谜语让大家猜，这个谜语太简单了，很快就被我猜出来了，答案是——汽车。

这就是我的朋友——"汤圆"，一个既爱臭美，又做事认真的小姑娘。

小小"动物园"

　　我们家里有一个小小的"动物园",你或许会有些奇怪,家这么小,怎么可以建一个动物园呢? 那么就听我慢慢地介绍。

　　"狗熊"爸爸伸了个懒腰,就起床了。为什么说我爸爸是一头狗熊呢,其中也是有原因的:爸爸性格如熊、食量如熊、行动如熊。有一回呀,我们正等着"狗熊"爸爸回来烧菜,可这么一等就是半个小时,好不容易盼到了爸爸回家。谁知"狗熊"爸爸的动作可真慢。只见他不紧不慢地切着菜,还一边炒菜一边聊天。他一不留神,一个菜就被炒焦了。爸爸先是小声嘀咕:"真是奇怪,怎么最近总是把菜烧焦呢?"这时候,我便凑过去说:"爸爸,这是因为你不专心呀。"没想到"狗熊"爸爸发火了,他大声地朝我吼道:"我怎么就不专心了,你倒是说说看呐!"我看苗头不对,连忙跑回房间看书去了。终于,饭菜做好了,在厨房里忙活了许久的"狗熊"爸爸早已饥肠辘辘,他坐在餐桌前一顿猛吃,不一会儿,满满的一碗米饭就全被爸爸吃完了。可是因为我在饭前吃了一点小零食,这会儿还剩一点米饭吃不下

了,于是就把碗递给了爸爸,想请他帮我吃完。"狗熊"爸爸二话不说接过饭碗,一分钟内,那些米饭就已经去"狗熊"爸爸的肚子里旅行了。

　　如果说我爸爸像"狗熊",那我的妈妈就是一只漂亮的"蜜蜂"。说妈妈是"蜜蜂"一点也错不了,因为她勤劳如蜜蜂。这天,正是周末,瞧,咱们家的"蜜蜂"妈妈又开始大扫除了。看,她先让我们家的扫地机器人将家中扫一扫,而她自己呢,拿起拖把,开始仔仔细细地把家里的角角落落都打扫得一尘不染。紧接着,"蜜蜂"妈妈又拿起一块干毛巾,小心翼翼地把沙发上的灰尘抹掉,然后又用湿抹布把沙发再擦了一遍。经"蜜蜂"妈妈的一番打扫,我们可爱的家又焕然一新了,再回头看看妈妈,她已经筋疲力尽,额头上布满了晶莹剔透的汗珠。

　　这就是我们家的小小"动物园",欢迎你们来这个动物园游玩,全程免费哟!

调皮的表妹

　　她,圆嘟嘟的小脸上,有着一对细长的柳叶眉,眉毛下镶嵌着一双忽闪忽闪的大眼睛,高挺的小鼻子下,有张樱桃小嘴,脸颊上有一颗小痘痘,如果你不仔细看,是看不出来的。

　　为什么说我表妹十分调皮,这事还要从她来我家说起。今天,大清早我就起床了,因为我的表妹要来我家玩一天。等我洗漱完毕,吃好早餐,只听见"咚咚咚"的一阵敲门声。我心里想:完了,完了,我的玩具和书要被毁了。于是,我开始手忙脚乱地收拾东西:书架一层她一定够不着,二层呢,里面的东西只有十多样,我便飞快地放到了一层;书桌上,我辛辛苦苦搭的乐高,被我放在了她拿不到的地方,纪念品放在了很不显眼的位置。等到一切都安全的时候,我才把在外面等了好久的"皮"妹妹放进来。

　　表妹多多进来后,直接朝我跑了过来,像恶狼一样把我扑倒在地上,她奶声奶气地对我说:"姐姐,我想玩乐高。"听她说完,我便拿来了一大箱子零零散散的积木。可是,这个臭多多,拿出我的乐高拼搭书,就开始狠狠地撕起

来，我可怜的书，就这样被她的魔爪变成了七零八落的小碎片。接着，多多又抓起了一大把乐高开始在地上搭建她的城堡。但是，这个小屁孩，一个搭不上去，就把它使劲朝地上摔去，没过多久，地上就满是积木了。可她还不罢休，还在扔积木。这时候，我心里想：我的乐高，你的命运为何如此悲惨，被多多的爪子扔得粉身碎骨，你为什么也像你的"书哥哥"一样，落到了这个地步呢？同时，我也在想：好你个臭多多，下次看我怎么教训你。

这就是我调皮的表妹，一个能把我气晕的小屁孩。

熟悉的背影

上学路上，我总能看到几个熟悉的背影。那是穿着橙黄色马甲的环卫工人和身披蓝色"铠甲"的交警叔叔、阿姨。

从车窗往外望去，常常有几个弯着腰、拿着簸箕和扫帚认真清扫大街小巷的背影。虽然看不见他们的面孔，但是我可以从他们弯下的腰、来回扫动的手，想象到他们渴望城市变得更加美好的眼睛，想象到他们被炎炎烈日晒得黝黑的脸庞，想象到那因为长时间不喝水而干裂的嘴唇，我的心里泛起层层涟漪。

我们的学校外，总有一位交警叔叔站在马路中间指挥来往车辆。在马路旁人行道边，会有一位剪着短发、微笑着工作的交警阿姨。而在炎炎夏日，每当我上学在马路边等候绿灯亮起时，都会瞧见那被汗水浸湿了衣服的背影。

中午，吃完了丰盛的午餐，从教学楼往马路上看去，是早已被环卫工人那双满是老茧的手打扫干净的大街。看到这里，我的脑海中不禁浮现出早晨看见的那弯腰扫大街的背影。有一次，我偶然从新闻里看见了环卫工人在手被

电瓶车轧了后,仍没放开手中的垃圾的情景。我不禁感叹:"环卫工人真是把城市的环境看得比自己的生命还重!"我不由得开始敬佩他们了。

视线转向别处,我又一次看见了指挥交通的交警那永远挺立着的背影。我仿佛透过了他头上的帽子,看见了那被汗水粘在一起的头发,看见了他那有着粒粒晶莹剔透汗珠的面容。若换成我站在那,肯定早就按捺不住,躲到树荫下去了,可他们却这么一站就是几个小时,我真是佩服得五体投地。

环卫工人和交警都是我们城市的守护者、维护者。如果没有他们的守护,我们的城市会变成什么样呢?必定会乱得一塌糊涂。所以,让我们向熟悉的背影致敬。

落后就要挨打

——读《地球的故事》有感

这个星期,我利用一些零零碎碎的时间,读完了美国作家房龙写的一本书,它就是《地球的故事》。

这本书中,作者不仅介绍了基本的地理知识,还用了幽默风趣、通俗易懂的文字讲述了各个国家的历史演变,告诉了我们地理对一个国家整体的历史演变、人群性格产生的影响。其中有一章讲述我的祖国——中国,让我深受启发。

鸦片战争后的中国常常受到邻国的欺负。中国真的那么"脆弱"吗?在新中国成立前,或许真的是这样。因为屡次遭受外族的入侵和统治,让我们"与世隔绝"长达几个世纪,远远地落后于其他国家,像一个在时代潮流中停在原地的孩子。那软弱无能的清政府啊,总在每一次战败后,向列强割地赔款。可是,新中国成立后,我们不再是那个弱小无助的国家了。因为我们有了坚强的政府和爱国的群众。我们的国民团结一致,日渐变得强大起来,最终,我们的国家不再遭受侵略,并且与一些国家互通有无,互

相帮助。

　　这样的中国使我联想到我英语班中的一位好朋友——Sunny。Sunny刚来我们班的时候，因为不做作业，说出来的英语连他自己都嫌弃，还经常受到外教老师的批评，所以她有一段时间不肯开口读英语，还差点离开我们班。好在她在我们所有人的鼓励和劝说下，开始一点点地改变自己：上课认真听讲，回家好好写作业，主动举手回答问题。终于，在一年的时间里，她变得越来越自信，老师也开始表扬、称赞她了。

　　《地球的故事》里，关于中国的这一章让我明白了一个宝贵的道理：无论国家还是个人，都要时刻记着"落后就要挨打"这句话，要努力学习进步，这样才会博得他人的尊敬和喜爱。

太阳跟着我

生活中有许多新奇的事情，等着我们去发现。就在前几天，我发现了一件事情：太阳，它为什么跟着我？

那一天，早上坐车上学的时候，我正无聊地望着窗外，突然我发现一件奇怪的事——太阳竟然一直跟着我们。因为发现了这个事情，无聊感顿时烟消云散。为什么太阳要跟着我走呢？我绞尽脑汁，左思右想。终于，我想到了一个答案，也许是因为地球绕着太阳在转，所以太阳才会跟着我呢。

因为我不知道答案是否正确，所以我还是继续观察了下去。过了一会儿，我又冒出一个疑问：在对向车道开车的人们是否也看到了一样的情景？正这么想着，我们的车遇到了一个红灯，停了下来。我仍然注视着太阳，忽然发现在我们停下的时候，太阳也停下来啦，如果是这样的话，那我刚才的想法就是错误的。于是，我好奇地问妈妈，妈妈却对我说："这个问题我也不知道呀。"到了学校，我同样问了同学这个问题，他们有的支持我的观点，有的觉得这是个错觉，还有的认为是我的眼睛出了问题。

　　回到家后,我拿来手机上百度一查,这才知道原来太阳和我们地球的距离十分遥远,我们走在地球上行经的路程相对于地球与太阳之间的距离是可以忽略的,也就是说,如果在太阳上看我们地球人,我们在地球上走路跟没走路是一样的,从而我们行走的时候感觉太阳也在跟着我们走。其实,无论你走到哪里,太阳还是在你头顶的某个角度不变。

　　这个世界有许多奥秘与道理,只是没有被发现,正如法国大雕塑家罗丹所说:"美是到处都有的,对于我们的眼睛,不是缺少美,而是缺少发现。"所以,让我们从现在开始,认真观察身边的事物吧!

那条河

自从 2020 年 4 月底绍兴被国务院确定为全国第 11 个"无废城市"建设试点后,我发现身边的环境有了很大的改善。

从我记事起,外婆家门口那条奔流不息的小河就常常散发出令人作呕的恶臭。这一阵阵臭味熏得沿河一带的居民们能不出门就不出门。就算出门的话,也是从另一侧门出去,而且每次出门都带着一把塑料扇。这把扇子不是怕天气热拿来扇风的,而是为了驱散那股难闻的恶臭。每次坐爸爸妈妈的车去外婆家,还没到小区门口,他们都会把车子的外循环变成内循环。我问爸爸妈妈为什么这么做,他们回答说:"外循环会有很大的臭味,开内循环就不会有了。"

但是在提出了建设"无废城市"这个口号后,河底的淤泥被清除一空,河政部门还在河里种植了一些有清理净化河水作用的水生植物,经过一系列治理,那股令人作呕的恶臭味消失了,可爱的小鱼、小虾和螺蛳也重新喜欢上了这里,不再急着搬家了。傍晚吃完饭,邻居们重新拿出小

板凳,坐在河边纳凉聊天了。

在一个凉风习习的下午,邻居小王叔叔把躺椅搬到了河边的树下,然后悠闲地躺在上面看书。小王叔叔一边看书,一边还往嘴巴里扔葡萄。过了一会,葡萄吃完了,小王叔叔看看四下无人,刚准备把满满一盘葡萄皮扔到河里,我赶紧跑出去喊道:"王叔叔,不能扔,你这样会污染小河的。"小王叔叔听到我的喊声,停止了动作,说道:"葡萄皮怎么会污染小河的,小鱼一会儿就吃完了啊。"我连忙解释:"葡萄皮是厨余垃圾,容易腐烂,如果扔到河里,会腐烂发出气味的,时间一长,你也扔,我也扔,我们美丽的小河又要变成小臭河了。王叔叔,到时候你再也不能在河边的躺椅上看书了。"听了我的解释,小王叔叔才明白过来,连声夸奖我懂得真多。通过这件事,也让我明白了,保护环境,需要从小事做起。

建设"无废城市"不应该只是喊喊口号,更应该从你我做起,通过环保知识的宣传和普及,以及改变我们日常的生活习惯,来为我们美丽的家乡,贡献自己的一分力量。

夏　语

这是一个会说话的夏天：听，池塘里的交谈声，雨中的歌唱声，人们的聊天声……

"轰隆隆"，雷公公发怒了。雨点姑娘却乐得咧开了嘴，因为她们要开始旅行了。听，夏天的雨是温柔的，"滴滴滴"，雨点悄悄地从天空中往下跳，跳到小溪里，水里荡漾出一圈圈花纹；小雨点又淅淅沥沥地落到了人们的伞上，化作小水珠装饰了江南的油纸伞。

夏天的雨是淘气的。听吧，"哗啦哗啦"，又下雨了，这一阵阵雨下得道路上积满了水，使行人无法通过；下得柔弱的小草、小花折弯了腰，再也找不到从前的神采。但它并没有什么坏心思，它把原本干涸的土地变得湿润，让原本肮脏的车辆变得干净。

在炎炎烈日下，小鸟们唱起了歌。"叽叽喳喳"，这是麻雀的歌声；"啾啾"，这是百灵鸟的歌声；最动听的歌声莫过于夜莺唱的，有了它，这一支合唱团就再完美不过了。它

们的大合唱让青蛙乐队的队员们嗓子痒痒的,它们终于忍不住"呱呱"地和鸟儿们一块儿唱了起来。此时,蝉举起翅膀,来回摩擦,为它们伴奏。怪不得,这支乐队唱得那么好,原来是有一位高明的指挥呀!

在会说话的夏天中,数人们的声音最活跃。欢声笑语回荡在大街小巷,瞧,原来是一群活泼可爱的孩子在做游戏呢,他们一会叠纸飞机,一会手拉手奔跑在大草坪上。转眼间,夜晚降临了,家家户户搬着椅子坐在院子里,一边摇着蒲扇,一边拉起了家常,在他们的谈话时,星星也出现了。

夏天是欢快的,是淘气的,更是会说话的,让你我一起倾听夏天的声音吧!

诚实与虚假

——读《中外民间故事》之《捧空花盆的孩子》有感

　　我从小就爱听故事,小时候,一有空就让奶奶和外婆给我讲故事;后来,光听故事已经满足不了我的需求,我就开始自己读书。就在最近,我又对《中外民间故事》有了兴趣。

　　这本书讲了不少关于中外世人熟知的故事,在这些故事中我最喜欢《捧空花瓶的孩子》。故事中国王因没有亲生儿子,所以要在臣民中选一个诚实的孩子做继承人。他给孩子们一粒煮熟的种子,让他们种出美丽的花朵。几个月后,孩子们都捧着花朵来找国王,只有一个叫雄日的孩子带来了空花盆。但由于别的孩子换了种子,所以诚实的雄日顺利成为继承人。

　　雄日的诚实是最可贵的,他在种花的途中遇到了种种困难。雄日一开始种花,整整一个月过去了,种子没有发芽,他哭丧着脸打算不再种了。他的妈妈说:"你把土壤换一换,再试一试吧。"他按照妈妈的意见再一次种花,但还是没能种出美丽的花朵。但是正因为雄日这诚实的心,让他成了继承人。我想,雄日不更换种子的原因有两个:一是他信任自己的国王,所以坚决不换种子;二是因为他的诚实。你们想想,如果一个弄虚作假的人成为一国之君,那他日后会诚实面对百姓吗?相反,雄日既然可以坚守诚信不换种子,最后捧着空花盆去见国王,那么他将来当上国王,必定也会诚实、诚恳地面对百姓,这才可以做一位明君。

雄日的诚实让我联想到了我的好朋友汤圆。那天,我和她约好一起去逛街,不料,我刚到商场,天空就下起了倾盆大雨,雨大到根本看不清路人行驶的汽车。我本以为她不会来了,忽然听到背后有人在叫我。转头一看,汤圆竟然来了,再仔细一看,她的裤腿已经湿透了,她是和她妈妈一起蹚水过来的。我在心中想:她如此遵守诺言,是一个诚实的朋友呀。

与汤圆相比,小婷便显得虚假。从前,她问我借了一个星期的铅笔,并与我约定一个星期后归还。结果,周三那一天,我从走廊上看到她把我的铅笔扔进了草丛中,再从罗小蓝那借了一支铅笔。周一,我明知故问,问她铅笔在哪儿,只为测她是不是诚实,结果她告诉我,笔丢了,我气得火冒三丈,不再认她为朋友了。

诚实永远是人生最美好的品格,所以我们要做一个诚实守信的人。

一个坚持的故事

生活如同一张答卷,答卷上写满了你的坚持、努力、自豪、满意……我的答卷上便写着一个坚持的故事。

7岁已经是即将上小学的年龄了。我多么渴望骑着自行车出去兜风,可现实却总在欺负我,我不会骑车。每每看见同龄人骑着自行车从身边飞驰而过,我总是心生羡慕、嫉妒。在经过一系列的思想斗争后,我决定学骑车。

学骑车的路十分坎坷,爸爸从早就为我准备好的自行车上拆下辅助轮。于是,我踏上了学车的征途。一开始,由妈妈在后面为我扶着,骑着骑着,我转头一看,手足无措,妈妈不知何时放手了。我便车倒人摔,趴在了路面上,手上和膝盖上都擦破了皮。但是我没有放弃,并安慰自己:别气恼,继续。爸妈也焦急万分地跑过来了:"有事吗?"我强忍着疼痛,故作轻松地笑了一下,说:"没事,就擦破了点皮。"说完,又让妈妈帮我扶着车尾,开始第二次尝试。

"我放手喽。"妈妈在后面喊了一句,还没等我答应,她便撒手了。果然,又没出我的预料,刚骑一会儿,撞上了栅

栏,车没有倒,但我的膝盖又磕在了石头上,血流不止。强烈的疼痛让我脑海中浮现放弃的念头,但是,我很快否认了它。因为,我渴望骑车出去玩耍,所以,我接过妈妈递来的创可贴,贴在伤口上,又坐上自行车开始了第三次尝试。

这一回,我没有让任何人扶,我对爸爸妈妈说:"让我自己试一下吧。"见他们同意,我便用力一蹬,摇摇晃晃地出发了。我原以为这次又会失败,可谁能想到,我竟然成功了。一圈,两圈,三圈,我越骑越熟练,也掌握了平衡。此时,我内心十分激动,我终于也能像别的小朋友一样飞驰了。

外婆看到我腿上手上全是瘀青,心疼不已。但我十分自豪地对外婆说:"外婆,这些伤疤代表着努力与坚持,我学会骑自行车啦!"

这一个故事,在我的生活答卷上,留下了重重的一笔,它象征着我的坚持不懈,并鼓励着我向前进。

记忆深处的礼物

你最喜欢的物品是什么？是可爱柔软的小兔、灵活酷炫的汽车还是恐怖可怕的面具？而我最爱的是妈妈送我的星星夹子。

时空隧道将我带回了5岁那年的生日，这是一个凉风习习的日子。一大早，我便穿上最心爱的衣服，期待着今天的礼物。

"准备一下，要出发喽！"妈妈对我说道。时间在慢慢流逝着，不知过了多久，我们终于抵达了目的地——柯岩风景区。走进风景区，映入眼帘的是琳琅满目的商品，香气浓郁的美食诱惑着我。我和妈妈手牵手，开始在街道上漫步。小恐龙、毛绒玩具、小挂件，这些精致无比的物品装饰着大街小巷。

我们继续往下走，一个年轻的姐姐拦住了我们，向我们推销起她们家的产品："这个是夹子，小孩、大人都适用的……"我和妈妈被这位姐姐说动了，便跨过台阶，进入门店。这时，一个闪耀着银光的发夹抓住了我的眼球，我兴奋地对妈妈说："妈妈，你快看呐，这个夹子真漂亮。"在一

边挑选的妈妈走过来,看了看那个夹子,对我说:"妮妮,这个夹子不适合你。"我有些不高兴。

在这之后,我又看中了一些发夹。但是,妈妈都说不适合我,这让幼小的我感到很不满。逛了一圈,我们什么也没有买,空手而归。一上车,我就像吃了炸药似的,生气地说:"这也不行,那也不行,你让我选什么?"出乎意料,妈妈耐心地说:"我不是不给你买,只是那些夹子真不适合你。"我在后座生闷气,一路上再没发出任何声响。

生日的第二天,妈妈像变魔法一样,在我面前掏出一个星星夹子,我惊奇地问道:"妈妈,这是哪来的?"妈妈笑而不答。后来,我从妈妈与外婆的谈话中得知,这是那天下午,妈妈去很远的小商铺买来的。

听到这一消息,我顿时热泪盈眶,原来妈妈为了不让我失望,特地去买的。为了不让妈妈看到我的泪水,我赶紧背过身去,擦掉流下来的眼泪。

这个星星夹子是妈妈对我浓浓的爱。它的故事,埋藏在我记忆的深处。

学 会 宽 容

——读《红楼梦》有感

引:又一次从书柜中将此书拿出,一页页故事让我十分有感触,多情的贾宝玉,多愁善感的林黛玉,贤惠善良的薛宝钗,等等,让我看完后唏嘘不已。此书最让我印象深刻的是贾宝玉的大丫鬟——袭人。

介:荣国府从之前的荣华富贵到后来的腐败衰落,让人叹息。大家在府内的欢声笑语与各种聚会让旁人羡慕不已。一条条感情线让荣国府变得冷冷清清,贾母的去世使府内乱了套。

议:袭人在被李嬷嬷嘲讽的时候选择了容忍,为此没有将事情闹大。袭人因为生病而躺在床,没有看见李嬷嬷前来。只见李嬷嬷拄着拐棍骂袭人道:"忘了本的小娼妇,我抬举起你来,这会于我来了,你便大模大样躺在炕上,见我来也不理一理。就一心只想装狐媚子哄宝玉,哄得宝玉就不理我,听你们的话!你不过是几两银子买来的毛丫头,这屋子里你就作耗,如何使得。好不好拉出去配个小子,看你还妖精似的哄宝玉不哄。"袭人先只觉得李嬷嬷为

她躺着生气，便争辩了几句。后来听到李嬷嬷说"哄宝玉""装狐媚"等字眼，便委屈又惭愧地哭了起来。论辈分，李嬷嬷还算宝玉的半个长辈，所以贾宝玉也无法帮袭人辩解，所以袭人只能默不作声地让她骂。李嬷嬷的话的确过分，也难怪袭人会哭，但是袭人默默容忍的品格让人十分敬佩。

联：袭人的容忍让我想到了同学小岚。当初她被别人欺负的时候默不作声，任他们骂，等他们骂完再去寻老师说此事。我常常让她顶几句回去，可现在想起来似乎她是对的。若回几句，或许她被骂得还要多。在旁人眼中心中她可能是懦弱的，在欺负她的人眼中也是如此，但是小岚在被别人骂得十分过分的时候，也会显露出刚烈的一面，她会回怼对方。

在同学婷婷看来，被人欺负的时候应该与对方争个对错，但是事情被她折腾下来，总会闹得很大，让教室吵吵嚷嚷的。我认为她应该向小岚学习，不要动不动就跟别人吵架，要冷静镇定一些，这便好了。

结：生活中，不会宽容别人的人，是不配得到别人的尊重的。只有豁达大气的人，才懂得如何宽容，这是他们优秀品质的表现。

四季的雨

四季的雨如同一场场电影,一幅幅图画,从脑海中闪过,浮现,只留下一个个想象出来的模样。

春天,春雨绵绵。窗外的雨淅淅沥沥地下着,在窗户上留下一串串水珠。雨中的人影模模糊糊,只知道他们或在避雨,或在回家的路上,伸出手去淋淋雨,去感受雨水。一丝丝如绣花针般的雨落在手上,只觉得手上痒痒的,好像有虫子在上面爬行。小雨落在行人的雨伞上,绽放出别样的透明的花,令人赞叹不已。密密麻麻的小雨落入了院中的水缸里,荡漾出一圈圈水波和涟漪。雨中的花朵有着别样的美,那雨珠从花瓣上滚落,如同坐滑滑梯的孩子们。春雨滋养着种子。瞧,一场春雨过后,新芽儿都从地底下探出头来了。春雨是密的,是有趣的。

夏天,倾盆大雨。"轰隆隆"一声惊雷过后。雨点儿"啪啪"砸在了窗户上,令人猝不及防。滂沱大雨冲走了人们的烦闷,让人心旷神怡。豆大的雨点从窗上滑下去,似乎窗户已经承载不住它的重量。大雨掉在手上,感觉好像有什么东西打到了你的手。雨冲走了车上的灰尘,冲走了地

上的尘土，让世界焕然一新。可是，雨大终有坏处。各地河水猛涨，洪水漫延，田地被淹，房屋被冲毁，人们无家可归。但一场大雨过后，一道彩虹架在了蓝天上。

秋天，雨时大时小。秋天正是丰收的季节。丰收之际，凑巧遇上大雨，果园内、菜地内一派惨不忍睹的现象：满地的果蔬，有些果蔬旁边还有积水。见到这样，农民们内心十分悲痛。辛苦劳动了一年，不料碰上了大雨。但秋天的小雨却是温柔的，小雨落在蜘蛛网上，便成了一条华丽的项链。

冬天，雨中夹杂着雪。雨落下的同时，空中还飘荡着一点儿小雪，给人一种特别的感觉。雨夹雪的美，是大自然给人世的赏赐，是对人们的奖励。雪落地的一瞬间便与水融为一体。

四季的雨，给人不一样的感受。

我爱我家

　　家似一本年代悠久的日记，它谱写着我们的成长；家如一页页书，记录着家中的事；家像一盏明灯，指引我们快乐前行。

　　我的家中有三位成员：一位是会做各种美食但很不耐烦的爸爸；一位是既温柔又严厉的妈妈；一位是热爱美术，给人带来欢乐的我。

　　说起我的爸爸，那可是三天三夜都讲不完的，在此我只好长话短说了。虽说爸爸厨艺高超，但是有一个缺点，那就是：我多说几句话，他就不耐烦。前不久，爸爸烧饭十分容易开小差，这边菜刚下锅，转身就跑去切菜，准备材料。这一忙活起来，就把锅里的菜给忘记了，要不是妈妈提醒他，菜就烧焦了。

　　我有时候在想：不耐烦是不是会传染的？因为妈妈也总是这样对待我。"妈妈，这道题怎么做？"我满脸疑惑地问道。"首先，我们设它为 x，设它为 y……"妈妈讲道。"可是，老师说能建立两个等式呀。"我还是十分疑惑。"哦，那就这样，$3x-y=50$，那么 $4x-10y=70$，这样行吧。""但，这样

等式不成立呀。"我又找出了问题。这下可好，妈妈发火了，那声音都可以与狮子的吼声相比较了："我不管老师怎么说的，就按我的来，不然我不教了。""好好好，我不说总行了吧。"我只好"投降"。

我呢，是家中的开心果，总能为爸妈带来欢乐。有时候我和爸妈在玩游戏的时候，总是会制造出一些令人发笑的事情。印象最深的那次是我和妈妈比力气，在妈妈使劲推我的时候，我故意脚下一滑，一屁股坐在了地板上，这一举动吓得妈妈以为是她把我推倒的，爸爸也以为我是摔倒的呢。看到大家一脸惊恐时，我"哈哈"大笑起来，解释道："我才不是摔倒的呢，我是因为底盘不稳滑倒的。"此话一出，惹得爸妈也大笑起来。

这就是我家，一个"战火"不断但又温馨的家。

都市夜景

闪烁的灯光，像是点缀夜空的星星；人群的话语，宛如一首欢乐的交响曲；大树依稀可见的身影，犹如站岗的士兵。这就是绍兴的夜景。

每天从我家阳台往下望，看到的便是这般繁华的夜景。看着这些景象，心里总会有一股冲动，跑下楼，成为这画面中的一员。终于，我有了和妈妈一起在晚上骑自行车的机会。

马路，是闪烁着的灯光的来源，车灯、路灯点亮了大街小巷。"哗——"震耳欲聋的鸣笛声在我耳边久久地徘徊，放眼望去，长长的车队在夜幕中缓慢地向前行驶，犹如一条发光的大蟒蛇在慢悠悠地爬着。红色黄色的灯光时隐时现，像天上照亮天空的星星。往前骑，可以看到车流的灯光是如此的耀眼，从高处往下看，只能看到一片灯海。

沿着道路往前，可以看到结伴散步的人们。他们有的两两相伴，有的三五成群，有的七八个人，简直可组成一支小队了。听着他们说话的内容，才知道他们在聊家常、聊新闻、聊家人等等。这些看似再普通不过的话题，他们却

是津津乐道。在宁静的夜空中,他们说话的声音,是那么清晰,又有些抑扬顿挫。仔细听着,仿佛是一首完美和谐的交响曲。

与车流、人们同在的还有那一棵棵高大无比的树木。皎洁的月光从树叶间的空隙中钻了进来,在地上形成了一块块光斑。孩子们在大树下你追我,我追你,玩得不亦乐乎!不知你是否留意过这道路旁的大树,是否觉得在月光的照射下这些大树的形态各不相同:有的像昂首挺胸的战士,有的像张牙舞爪的怪物,还有的像招手的小孩。它们形态各异,令人思绪万千。

绍兴的夜景,是闪烁不定的灯光,是川流不息的人们,也是姿态各异的大树。

周宜恺

飞翔的梦

我常常梦见自己是一只小鸟,挥着翅膀在天空中飞翔。

我从小就特别喜欢飞机,我的"百宝箱"里有好多玩具飞机。我也曾经乘过客机,去过军用机场参观"苏-30"战斗机,但是我还没有近距离地了解直升机。这次班级小队活动,终于圆了我看直升机的梦。

暑假的一天,我们早早地来到绍兴鉴湖直升机游艇基地。想不到很多同学比我更早,大家都兴致勃勃,迫不及待地想看到直升机呢!

在基地等候大厅,只听一声哨响,一位身穿白色飞行服的飞行员英姿飒爽地出现在我们面前。他给我们上了一堂飞行器的课,让我们初步了解了飞机的种类等知识。其实我的心早已飞向了外边的机场,想要去直升机里一探究竟。

"现在让我们一起去现场观看飞机吧!"飞行员叔叔话

音刚落,同学们欢呼雀跃起来。就在机库门打开的那一刻,大家像猎豹似的冲向直升机。直升机帅气酷酷地出现在我们面前,终于让我看到梦寐以求的直升机了。大家围着直升机,兴奋地转着圈。

最激动人心的时刻终于到了!飞行员叔叔让我们逐个上驾驶舱体验飞行操作。我一下就爬上了一米高的舱体。原来神秘的驾驶舱能容纳四个人,前边两个座位分别是正、副驾驶座。操控的方向盘不是圆形的,而是"T"字形的,用手拉动横杆还很轻巧。我手握操控杆,仿佛自己已经飞上了蓝天,朵朵白云从身边飘过……

长大后,我要当一名真正的飞行员,飞翔在祖国的蓝天上。

小刀、菜刀和砍刀

在皇家的厨房里有着三个兄弟,他们是小刀、菜刀和砍刀。他们齐心协力做事:只要敌人来了砍刀就去杀敌人;只要有一堆给皇家吃的菜放在菜板上,菜刀就会去切;小刀的本领也不小,只要有一支笔放在书桌上,他就会冲过去把笔削尖。

可是,有一天,他们为了比本领开始吵架了。小刀说:"应该我的本领最大吧!因为我可以一两秒内把笔削尖,而且,我是你们的哥哥!"菜刀说:"哼!最厉害的应该是我吧,因为我一秒内就可以把菜切成两块,而且,我的刀刃特别锋利!"而砍刀说:"我们还是去野外比比吧,看谁的本领大!"小刀和菜刀齐声说:"你说的有道理。"说着,他们三个一齐昂首挺胸地向门外走去。

到了野外,只见一队士兵正匆匆忙忙地向城堡里跑去,砍刀冲上去在阵里挥刀砍杀,杀死了无数小兵,杀完了一阵他们继续往前走。菜刀远远望见一个人正在切菜,他的菜刀钝了,切也切不下去,菜刀就冲到那人面前,几刀就把菜切完了,那人还不停地说:"谢谢!"菜刀说:"不用谢!"

正走着小刀看见做好的陶罐正放在那里，小刀飞奔过去，在陶罐上刻上双龙戏珠图案和几片云朵。画完了陶罐，小刀连忙过去削铅笔，三下五除二就削好了。他们三个继续往前走，突然跑出来三个无赖，打算拿走这三把刀。砍刀一跃而起，砍了第一个无赖的头；菜刀跳起来，一下子砍断了第二个无赖的左手、右手；小刀一下子就刺伤了第三个无赖的眼睛。三个无赖只好落荒而逃。

这个故事告诉我们，每个都有缺点与优点，我们应该用辩证的眼光看待别人。

勇敢胜于一切

——读《杨家将》有感

前几天，我看了一本书——《杨家将》。

《杨家将》是一本让人深受教育的书。杨六郎杨延昭，身材魁梧，丹凤眼，从小就跟着父母和兄弟姐妹们出征抗辽。

杨六郎是一个勇敢的人。因为保护皇帝，他失去了五个哥哥，一郎、二郎和三郎都被敌人杀死，四郎被辽国兵将活捉，五郎失踪了，不知下落。又一次，辽兵来犯，北宋奸臣潘仁美只给了杨家父子五千人马去抗击十万辽兵。父子三人奋勇抗辽，可是，父亲被辽兵逼死，七郎被潘仁美射死。其实父亲也是被潘仁美害死的，因为潘仁美与辽兵串通一气。六郎知道父亲惨死的原因，含着泪，等潘仁美出城门，就把潘仁美活活戳死，拿着头来到宫殿外。宋太宗大怒，直接把六郎发配至边疆。

以史为鉴，古为今用。杨六郎豪迈的爱国壮举，深深地感动着我。我想到了抗美援朝战役中的黄继光烈士，为了祖国的胜利、为了赶跑侵略者，牺牲了自己；我想到了在

抗洪抢险中的解放军叔叔，不顾自己的安危，在危险来临时挺身而出，舍身抢救受灾的人民；我还想到了消防队员，在一片火海中，依旧冲锋在前，毫不退缩⋯⋯

　　读了《杨家将》，我懂得了：作为男子汉要有勇敢的胆魄，要有强健的身体，在国家需要的时候挑起重担。

我尝到了第一名的滋味

"天上掉不下免费的馅饼。"第一名,不可能是轻而易举就能得到的。

那一天,我们的班主任老师跟我说,要我代表班级和学校去参加越城区"毛源昌"杯画画比赛。这类比赛可不是一般的比赛,没有指导老师在场,且时间也只有一个半小时,是一场有挑战性的竞技。我从那天起,每天强化练习画画,交给学校美术老师批改,有时候,为了画画连作业都没有完成。就这样,我废寝忘食地画了小半个月。

转眼间,比赛的时间到了,我拿着各种画画的工具来到一所中学。在这场比赛中,我信心满满,把布局、下笔、涂色处理得非常到位。但是比赛中,我看到很多学长,他们的功底应该很深厚吧。一连几天我一直怀着忐忑的心情,不知道最后的结果会怎么样。

时间过去了十几天,班主任任老师神秘地对我说,我得了第一名。我成功了,我欢呼雀跃,欣喜若狂。我迫不及待地把这个好消息和妈妈分享,妈妈也不停地夸奖、亲吻我,这更在我心里添上了几分光彩与自豪。原来我成了

画画中小学组第一名的代表，我自豪极了。同学们还不住地夸奖我："宜恺，你好牛啊！""宜恺你真厉害！""宜恺你竟然得了第一名！"同学们夸奖我的语句都传遍了整座校园，又在我的心田添上了一层蜂蜜。虽然这个第一名的奖励只是一张奖状，但是我为学校和班集体增添了光荣，是一份来之不易的荣誉，也为学校增添了光彩。

我第一次感受到了为校争光的滋味……

秋菊之美

古人曰:"花中君子,梅兰竹菊。"原来菊花也是四大君子之一,它还被称为中国名花呢!

菊花园是我最爱逛的地方,一走进菊花园,便闻到了一股清香,让人想起一句诗,"菊花盛开,清香四溢,其瓣如丝如爪"。我便顺着清香找到了菊花所在的位置。只见菊花三五成群,一束一束的,像戚继光让士兵们摆出的鸳鸯阵。菊花有的如同太空里的行星,有的犹如苍蝇的复眼,有的宛如大五彩石,颜色也很多,蓝、红、黄、粉……种类繁多,美不胜收。

于是,我就挑了一束最引人注目的,在菊花中最耀眼、最出色的,开始仔仔细细地观察这如此宝贵、如此有价值的"小孩子"。

菊花的花瓣是黄色的,还点缀着红色和棕色。它的蕊是绿的,是由一颗颗小粒组成。下面的托盘,像一个巨人,托着那华丽的"小舞蹈家"。我看着这些茎,又发现上面还有花苞,那些花苞饱满得快要爆炸了。还有一些花虽然已经开了,但像一个尖尖的钻头子,我试着用手掰开,发现里

面也是绿的,估计就要像炸弹一样炸开了。我顺着往下看,发现它下面的主干上至少有十来个分枝。

　　菊花象征着正直,它应该是学陶潜先生那"不为五斗米折腰"的品质吧!菊花象征着斗士,它应该是学黄巢坚强的品格吧!我又想起了唐代诗人孟浩然所作的《过故人庄》中的诗句"待到重阳日,还来就菊花"。菊花的品质,值得我们学习。

我来到了海王星

火箭即将发射时,我偷偷溜进了飞船,穿上了宇航服,躲在了柜子里。"请乘客们戴上氧气帽,我们马上就要前往海王星了!"只听"三、二、一!""哗"的一下子我们就开到了海王星。

下了飞船,我一蹦一跳地走在前面,想去探索海王星上的岩石。正走着,突然,一个软绵绵的东西把我绊了一个跟头。我回头一看,发现一个长着炯炯有神的眼睛、头上还有两只触角和八只脚的外星人。我觉得好恶心,就尖叫起来。没想到那个外星人喊了一声:"哇哇哇哇!"我瞪大眼睛张大嘴巴愣了一下,才明白它在叫我名字……于是,我也喊了一声。话音刚落,它就拉着我走向了另外一个方向。我还以为它是要绑架我呢!我赶紧往回跑,可没跑几步又被外星人给拽了回来。我想这下可惨了。突然,外星人在一座太空别墅的门前停了下来。我这才松了口气,原来,外星人是想要让我去它家做客。它打开别墅的大门,紧紧拽着我进了家门。

那一刻,我惊呆了:外星人的桌子、椅子、餐具……什

么东西都在天花板上，我去问那位外星人怎么坐到沙发上。于是，外星人按了一下按钮，地上便升起了一把铁椅，我一屁股坐到了铁椅上，接着，铁椅子又升了起来，正好升到了沙发的位置。我又坐上了沙发，从天花板上伸过来一个平板，菜单上上面有苹果汁、橙汁和梨汁。我便点了橙汁，不一会儿，沙发里就跳出了一杯橙汁……我看了一下时间，该回去了。时间飞逝得太快了，我依依不舍地向外星人告别。

自从去了海王星，我才知道外星球的科技也很发达，还有许多我们意想不到的事情。

我长大后想当宇航员。

很多同学都有自己的梦想，有的想当画家，有的想当老师，有的想当舞蹈家……而我的梦想就是做我特别喜欢的宇航员啊！

如果我当了宇航员，我要乘着火箭飞到空间站，去清理里面的垃圾，看看里面的高科技，去空间站里边生活，吃空间站里的东西，感受在太空的浴缸里洗澡的滋味，去睡空间站的床。

如果我当了宇航员，我就要乘着飞船去水星，去建造更好的家园，让人类过上更美好的生活，让人们看看外太空的星球上，没有清洁工都还是那么干净，跟地球比一比真的是好很多呢！我会劝人类不要乱扔垃圾，否则地球会变成一个充满臭气的垃圾球。如果再这样下去,会把整个宇宙变成一个大大的垃圾城。

如果我当了宇航员,我要坐着星际列车去海王星,去探索世界上到底有没有外星人,如果有,那我就跟外星人交朋友,去破解外星人的语言。如果海王星上还有一些微生物,我就把不明微生物带回地球,去研究、摸清它的底细,让百姓们都知道海王星上有这种微生物。那个时候,我就为人类的发展做出了巨大的贡献!

如果我当了宇航员,我最后一站想去的是卫星,我想到上面去探测天气。把人造气象卫星的设备安装在天然卫星上,更加精准地为人类预报天气情况。

当然,志向再远大,也不如现在就去努力,相信假以时日,我定能成功。

第一次做蛋羹

寒假里，我觉得爸爸是那么忙，那么辛苦，就打算给爸爸做一道菜——蒸蛋羹。

我先找来一个碗，从蛋盒里取来一个鸡蛋，然后把小宝宝似的鸡蛋敲出一个大口子。只见一些透明的液体，从大口子里流出来，好像果冻一般。接着，我又去找来了一双筷子，用来捣鸡蛋液，我想：这鸡蛋液该怎么搅拌啊？我的手速真的不够快啊！于是，我叫来妈妈，妈妈说："这很简单，你只要在一个空空如也的碗里练习手速就好了！"我又拿来一个碗在里面练习，不一会儿，我的手相当熟练了。我就把筷子放到了另外一个有鸡蛋液的碗里，用筷子在鸡蛋液里来回转动，就像罗成的五花枪那样快呢！我又从冰箱里拿出一小节笋，把笋切成一小片一小片，再把笋放进了那碗鸡蛋液里。我又拿起一瓶油，想倒进鸡蛋液里面，我小心翼翼地倒了一倒，心里犯起了嘀咕，这瓶油怎么倒不出来啊，难道是坏了吗？我又拿着这瓶油去问妈妈。妈妈哈哈大笑，回答道："这瓶油还没有打开呢，怎么能倒出来呢？"我一听，恍然大悟。我又回到厨房，把油打开，在鸡蛋液里倒上了一些油……

　　我打开电饭煲的盖子,把一个放碗的架子放在电饭煲里,又把那碗鸡蛋液放在架子上,盖上电饭煲的盖子,把时间调到了二十分钟,静静等待我的成果……

　　时间到了,爸爸也刚好回来,我把鸡蛋羹端到了餐桌上,叫来爸妈,他们两个都说:"儿子做的蛋羹特别好吃!"

　　劳动挑战自我,我懂得了"劳动最光荣"这个道理。

若耶溪的春天

"幽意无断绝,此去随所偶。晚风吹舟行,花路入溪口。"这是唐代诗人綦毋潜写的绝句《春泛若耶溪》。没想到,大文豪写的若耶溪就在我所居住城市的郊外,我欣喜若狂,合上书就去寻找若耶溪的春天。

过了宛委山,就来到了若耶溪。首先映入眼帘的是溪边的一片樱花林,当时正是樱花烂漫的季节。樱花花瓣是粉色的,像一条粉舞裙,中间有些像蜗牛触角似的花蕊。一阵微风吹过,淡淡的香味飘散过来,蜜蜂顺着香味,提着蜜桶唱着歌,来取花里的"甜汁"。岸边的覆盆子也不甘示弱,它的花是白色的,中间却是一个"小型仙人掌",也像个"小绒球",特别神奇。再过几个月,这个"小绒球"就会变成人们爱吃的红色覆盆子了,想想都让人垂涎欲滴。"邻居"芦苇老旧且枯黄的花絮还没有完全消失,但它们的"接班人"——嫩绿的芦苇芽已经在成长中了。

溪水里,长着一大片一大片水蕴草,颜色是浅绿色的。因为它既像莲花,又像松针,还像海藻,所以我又给它起了新名字,叫"三不像"。仔细看,水草丛里穿梭着许多小鱼和小蝌蚪,好像在玩捉迷藏游戏呢！远处的几只野鸭正在快乐地嬉戏,还不时欢快地叫着"嘎——嘎——"。

野鸭游动的方向,有几棵小树,树上栖息着一些白鹭。它们三五成群,好像在相互交流一些快乐的事情。青山、溪水、绿树、水草,分别蕴含着青绿、碧绿、鹅黄和草绿,构成了一幅自然和谐的田园风景画。

"阴霞生远岫,阳景逐回流。"若耶溪的景色令人陶醉。

若耶溪的春天

可爱的背影

　　我与小狗小斑已经两年没见了,他该不会是已忘记我了吧?

　　小斑是这座城市里我最要好的朋友。城里不像乡村,可以漫山遍野地跑,放学后有那么多小伙伴可以一起玩,这里很枯燥乏味,只有高楼,住在里边好几年了,却一个人也不认识,也没有可以玩得开心的朋友,家家户户大门紧闭。那一回,好不容易从农村亲戚那儿抱回一只小狗,正好可以给我解解闷。所以,小斑就成了我放学后唯一的好朋友。

　　小斑很顽皮,也很聪明。我写完作业,就去大阳台找小斑嬉戏。有时玩扔垒球,每一次小斑都能把球找回来;有时玩"空中跳跃",小跳得空比我还要高;有时我们还比赛跑步……小斑带给我无尽的快乐。

　　但小斑也不懂事,不是把纱窗门给抓破了,就是把尿偷偷尿在了鞋子里。那一天小斑还把晾着的衣服给撕破了,那可是奶奶最喜欢的衣服。那次奶奶真的生气了,拿着棍子满屋子追打小斑,并且给爸妈下了最后通牒:"小斑必须撵走!"我求着爸妈说:"千万别送走小斑,它不是挺可爱的吗?"但我的力量是那么渺小,所做的一切努力都无济于事。

在送走小斑的前一天,我央求爸爸带他一起去文理学院的操场上合个影,留着做个纪念。我领着小斑绕着操场跑道跑,它的步子又轻盈又利落,可爱至极。我们一直跑得累倒在地上,然后一起趴在草坪上打滚……看着夕阳西下,一股难过的味儿涌上心头——明天就要把小斑送走了,眼泪在我的眼眶里打转……

第二天,我们心不甘情不愿地出发了,车子驶向山里。分别的时候还是来了,小斑紧紧地咬着我的裤脚不放,随着车门的关闭,小斑也被关在了车外。我透过车窗看到他的尾巴一摇一摆的,似乎在和我道别。在车子的轰鸣声中,小斑的身影越来越小,但这一个镜头将永远刻在我的脑海中。

可爱的背影

夏天的声音

夏天是一个音乐家，它演奏出各种各样的声音，它也是一个走遍江湖的歌手，声音无处不在。

夏天的声音是美妙的。乡村里的知了叫着"知了，知了"，好像正在给忙着在田里干活的人们放交响乐，缓解在田野里干活的人们的疲劳。离乡村不远的地方有一片树林，微风"呼"地一吹，凉风习习，大树随着节拍摇动起来，嘴还发出"沙沙，沙沙"的声音。树林里有一条小河，"叮咚，叮咚"，日夜不停地流淌，还不知疲倦。

夏天的声音是欢快的。小孩子们套上泳圈，"哗、哗、哗"……一个接着一个跳下河。"呼噜呼噜"，小孩子们在水里互相吐气泡呢！突然水面上浮出几个小皮球，"哈，哈，哈！"水里一直回荡着小孩子们的欢笑声。

夏天的声音是活泼和调皮的。小鸟"叽叽喳喳"地叫着，好像正在举办森林演唱会，特别热闹。小狗"汪汪"地叫着，有时还要围着主人，"嗖，嗖"，原来小狗正在舔主人的裤脚呢!"嗡嗡,嗡嗡",蚊子飞过来咬了你一口,唉! 这蚊子真调皮。

夏天的声音有时候也会不和谐……

夏天的声音也会愤怒。人们提起电锯,只听"呲,呲,呲",一棵大树倒下了。夏天见了,嘴里发出怒吼"轰隆隆"。人们继续砍树夏天就会掀起热浪,大自然便会惩罚我们。

夏天的声音无处不在,真值得我们聆听。

这个暑假真有趣

　　8月1日那一天,我们到了我梦寐以求的湖州龙之梦乐园。

　　一到那儿,我便迫不及待地冲进了龙之梦乐园的水上世界。

　　我好久都没玩漂流了,于是,我拿起一条皮艇,和我的两个朋友——小钟和杨杨一起冲进了漂流世界。我们三个开始排座,因为我的力气最大,水性最好,便被排到了最后一个座位,为他俩"开船"。杨杨的力气第二大,他为我们"把方向"。排好座位,我双腿一蹬,凉风习习,我闭上眼睛开始享受风的滋味。突然,整只皮艇像被施了魔法似的,疯狂地旋转起来,我睁开眼睛,看见周围的事物开始模糊起来,而且景物不停地在变换,我感觉皮艇在往上飞。

　　"咚!"这只艇撞到了海星的图案上,接着开始来回撞击,像狗爬楼梯一样,特别快,我们仨异口同声地叫了起来:"哦——哦——!"忽然,小钟叫了一声:"不好! 开船手用力蹬腿,杨杨你把好方向,我们要过了这一关——雨林!"因为这雨林的水像机关枪射击一样,被射到鼻子就会冒血。我连忙深吸一口气，一溜烟钻到水底下，双手推着皮艇，用蛙泳的姿势，用力蹬腿。过了这一关我才把头从皮艇的小洞口探出来，大家这才松了一口气。将要漂过桥时，看见有两排"牙齿"在伸缩，我连忙说："全体卧倒，躺着过桥。"

过了桥，我们碰到了急流，小钟便想到了手搭肩的计谋。我的手搭着小钟的肩，双腿还在用力蹬，这简直把我的腰给扳直了，过急流的过程太艰难了……

这次漂流，让我懂得了：一个群体，懂得团结协作才能成事。

每个人都会犯错

——读《林汉达的历史》有感

最近我迷上了一本书,名叫《林汉达的历史》。

这本书主要讲了春秋到三国这个时期发生的故事,把每一个战将的壮举,每一个刺客的悲壮,每一位能言善辩的大臣、使者的故事,都一一记录了下来。

这本书中的一个故事,让我懂得了每个人都会犯错,那个故事便是《三国演义》里的"失街亭",请听我慢慢道来:姜维降蜀后,曹睿派大将张郃来救援天水,诸葛亮看了地图后料想到张郃往西边来,准先夺取街亭这个交通要塞。要想打败张郃,非得守住街亭不可。守街亭的人一定得有本领,不然对付不了张郃。诸葛亮早已看中了参军马谡。马谡从小熟读兵法,练习武艺,于是诸葛亮就让他去镇守街亭。马谡临走时,诸葛亮叮嘱道:"要在通路上扎营,再多加栅栏。"可是马谡到了那里便把丞相的话扔到九霄云外,打仗是轻敌,被曹兵包围了起来。马谡突出重围,回到汉中,那时,街亭已失守,诸葛亮挥泪斩了马谡。唉!诸葛亮也会选错人。

这个故事让我想到了我们班的小潘同学。小潘同学是一个女学霸，考试拿高分，很诚实，写字也非常工整，还多次拿过比赛的奖，我们都对她很信任。可是，她今天的表现却让我们用怀疑和吃惊的眼光看她。原来她昨天的"知识大全"错了好多，任老师指着她说："你怎么没订正，罚抄十遍！"她露出了从未有过的无辜眼神。

　　"人非圣贤，孰能无过？"人是一定会犯错误的，重要的是在犯错后及时改正。

每个人都会犯错——读《林汉达的历史》有感

"火暴辣椒"同桌

　　我有一个同桌,她身高一米四,肤色很黑,脚穿球鞋,比较喜欢粉色,每天穿着"毛毛虫"品牌的球鞋。她的小名叫天天,那你知道我为什么要叫她"火暴辣椒"吗?因为她的脾气很暴。

　　有一次中午,我正在写作业,她在两张桌子之间画了一条"三八线",谁超过这条"三八线"就要被对方"暴揍"一顿。我比较怕女生,所以我不会超过"三八线"。有一次,我不知道自己的肘快要碰到界线了。眼看就要碰到了,突然,一只手的肘碰到了我的肘。原来,是天天超了这条线,她却毫无察觉,继续若无其事地写作业,我连忙拍拍她的肩,说:"唉,你超过了'三八线'!"天天则吼道:"谁说的!明明是你先超的,凭什么说是我超的!"话音刚落,她便皱起眉头,用轻视的眼神看着我。其实,我这人挺反对男女不平等的。我也轻蔑地说了一声:"蛮不讲理、理屈词穷、强词夺理!"这时,还有几秒定时炸弹就要引爆了,她大吼道:"好男不跟女斗!"说罢,就挥动着拳头来打我。这个动作好像饿狼扑食,我急忙躲开,再翻过桌子跑到教室外,她也不甘示弱,追了上来。她一伸手抓空了,这时,我打了个跟跄,差点摔了个"狗啃泥"。她追上了我,估计是把导火线点着了,用拳头使劲地打着我的脊背。炸弹终于爆炸了,她用力地往我腰上打,我被打得生疼。

　　就因为这件事,我才把她命名为"火暴辣椒",她的火暴脾气让我终生难忘啊!

诚信的答卷

一天，奥数老师宣布："下节课就要考试了，大家好好复习！"考试的时间是星期天，于是我便在周六的晚上拿出了一张纸条，把考试的重点题目都抄了下来，把有字的部分折起来，塞进了笔袋的最底层……

晚饭过后，妈妈把我送到奥数班里，准备考试。时间飞快地流逝着，老师发下了卷子，说："可以开始做了，时间到了不再等，没做完也收起。"于是同学们"唰唰唰"地开始做试卷，我也提起笔开始做题，由于昨天晚上认真复习，大多数题都是会做的。我过五关斩六将，一下子就达到了最后一关。最后一关的守将不是这么好对付的，它要用这题来跟我比试，我想这题可不是我能手到擒来的，于是我四处张望，希望有一个能人来帮助我斩杀守将。

可是左右的人都离我有两米远，根本就瞄不着！我突然想到了，我还有一个暗器——小抄。我把手伸向"暗器"，一把把它给揪了出来，开始一点儿一点儿地打开，忽然，心中出现了一个念头：别看别看，这可不是真正的实力呀！我想："如果不抄那就得不到高分了，会整整减去十分,抄了就会得到高分,可那不是我真正的成绩。"想来想去,最终我还是把小抄放回笔袋里,把试卷交给了老师。

我想我交上的是一份充满诚信的答卷,每个数字都充满了诚信的生机。

诚实是金,做人要诚实,我要用一生来守卫它。

得到不该得到的东西之后

　　三年级的一个周一,我正在布丁书院上课。这次上的是古文课,古文课中途都会有课间休息。我正在做笔记,突然,张老师说了一声:"下课,休息十分钟。"

　　我们一些人聚在一走玩"弹笔"。"啪——啪——""我输了!""耶——"在我们欢快的叫声中,听到了"上课"两个字,我们连忙回到了座位上。突然,我前面的小李同学,转身给了我一瓶饮料,我在上面看到了绿葡萄的样子,便想:这一定很好喝,我回家再去享用吧!

　　这时,我觉得这件事有些蹊跷,于是,我便问小李:"这瓶饮料从哪儿来的呀?"小李说:"是他们给我的。"话音刚落,小李用手指向小潘和小陈同学。她又说:"下课的时候,我跟着小潘去买饮料,到了下面,小潘发现没带钱就捡了一根又长又粗的树枝,从出货口把树枝伸进去,一挑就把这瓶饮料挑了出来,怕被老师发现就交给了我,而我又给了你。"我恍然大悟,这种不劳而获的东西不能接受,接受了就是不义之财,像这样的人品德有问题,我得向老师报告……

终于，下课了，我把这瓶饮料塞进了老师抽屉。我跟张老师说：“是有人用树枝把饮料挑出来！”张老师说：“是谁呀？”我又说：“是勇杰和泽谦。”张老师就跟助教说：“把这事在群里发一下，并且警告一下同学们。”听到这番话我才安心地走出了教室。

通过这次经历，我懂得了：做人不能拿不劳而获的东西。哼！真是“不义而富且贵，于我如浮云”。这件事使我难忘。

得到不该得到的东西之后

骄兵必败

——读《三国演义·败走麦城》有感

引：我看完《三国演义》后，不由得又回想起当时的画面。

介：《三国演义》是古代四大名著之一，作者是罗贯中，主要讲了东汉末年发生的事：吴、蜀、魏三个政治集团经常交战，战火纷飞，最后三国归晋。

议：在《三国演义》里，对我启发最深的是"败走麦城"这一情节，因为这个故事告诉我一个道理——做事万万不可骄傲。话说关羽水淹七军后，攻下了樊城。孙权畏惧关羽，陆逊献计由自己来任吕蒙的职位。关羽听说陆逊非常年轻，由他来任这种职位，不足为惧，便开始骄傲起来。于是，孙权又联系曹操形成两面夹攻之势，截关羽。一战之后，荆州被夺，家眷失散，关羽急忙奔向襄阳，又探听，襄阳太守已降东吴，只好去麦城屯兵。可是军队里士兵大半伤亡，还剩五六百人。关羽就派人去找援军，可还没等援军到，就突出重围奔向西川，他们走的是小路，谁知孙权率先在小路两旁设下伏兵，把关羽给擒住了。到了东吴，孙权好言好语劝他投降东吴,关羽父子宁死不降,最终被推出去斩首。

联:看了这篇文章后,我想起了自己的一件"骄兵必败"的事。一次奥数课结束,老师在群里说:"下周考试啊,试卷不难。"我也没太在意。奥数班是周日晚上上课,我周六才想起要考试。于是,我翻开书本,发现这些题目好简单呀,就开始骄傲起来,心想:这根本就不是我这种级别的人做的,这次随便考都能得高分。我把题目扫了一遍,每题都没有仔细地看一眼。周日晚上,我"胸有成竹",当试卷发下来时,却当场傻眼,这是什么题目呀,好像都没学过。我这才醒悟了,昨天竟然没复习好,我只好勉强地做了下去,终于做出来了五六道题,有些是做了半道的,还有些是空白的,考出来的分数也是特别低。

结:读了"败走麦城"这一章后,我明白了:骄傲,会与人产生分歧;骄傲,会导致失败;骄傲,会一事无成。正所谓"谦虚使人进步,骄傲使人落后。"

团结的家

　　其实每个人心中都有许多"家",如学校、社区、国家、地球、书、宇宙等。可我心中却有一个与众不同的团结的家——班级。

　　五年级的秋季运动会开始了,其中,最考验班级团结与否的便是接力赛了。

　　之前,任老师选了一些跑步快、棒不会掉、耐心的人当选手,其中就有我。

　　接力赛快要开始时,我们班的人亮出"大旗",排好队,气宇轩昂地上场了。第一位选手小丁弯下了身子,做好起步的动作,其他班也做好"迎战"的准备。随着裁判说"预备——"的声音,"砰"的一声,发令枪响了,那边的小丁同学像母老虎一般飞奔了过来,小李接住棒就往前冲。此时,我们大喊:"9班加油! 9班加油! ……"再看看其他班,一点气势都没有。

　　突然,10班"唉"了一声,原来是有人掉了棒,我心中暗暗地叫:哼,我们9班已经遥遥领先了。一看要轮到我接棒了,我不慌不忙地弯下腰,手向前伸,等我拿住棒,咬紧牙关,拼尽全力向另一个队员跑去。虽然我跑步不算特别快,但是也拼尽全力地向前冲去,离接棒人近时,便把手举了起来。那人接住了棒,我才松手,吐了一口气,暗想:幸好没掉棒,如果掉了,第一不就没了嘛!我们班的人还是一直放开喉咙大吼:"9班,必胜!9班,必胜!"等全部跑完了,我们班把棒子举了起来,看四周没人举,想必是第一名,就"耶"地叫了出来。还有的人抱在一起跳了起来,任老师也露出了兴奋的笑容。

"哈——"五年级9班里的44个同学,不就是一家人吗?

夏天的雨

雨是不同的。在春天,雨淅淅沥沥,而夏天的雨气势凶猛。雨在我心中,像夏天那样,汹涌澎湃。

一天,我在阳台上观察气象。突然,觉得天边开始暗了下来,这预示着一场暴雨即将来临;接着,西边的天空就如浑浊的水,特别难看,而东边却还是很明亮,中间有着明和暗的过渡,但两边形成了鲜明的对比。过了一会儿,西边的万匹黑马气势汹汹地朝明亮的东边奔腾而来,而明亮的东边,正在被那"万匹黑马"一点儿一点儿吞下去,加入了黑马的队伍里。乌云所到之处,都变得特别闷,等到乌云占了绝大部分,"万匹黑马"一起"轰隆隆——轰隆隆——"地吼着,好像在告诉人们一场激战马上来临,让人们赶快回家里。于是,我也连忙进屋。

我刚进屋,他们的"激战"就开始了,雨"哗哗哗——哗哗哗——"地下着,里面还夹杂着一点儿雷声。不一会儿,小雨就变成了大雨,战斗也变得更激烈了,声音也变得越来越大,砸在铁棚子上,发出了沉重的"哒,哒,哒"声。打开窗户,闻到了点枯枝烂叶的味道……

突然，一声雷响彻云霄，白方响起了冲锋号，发起了反攻，黑方的气势也被白方一点一点吞没，雨也变得越来越小，最终，雨停了，乌云也开了，露出了白云。雨后的空气格外清新、凉爽，像换了空气似的，不像雨前那样，乌云所到之处就特别闷，很难承受住透不过气的那种感觉。

　　观察这次下雨，我有感而发：只要肯努力，再多的困难，都可以攻克。

石头的哀歌

"有一个美丽的传说,精美的石头会唱歌……"这曾经是一首关于石头的美妙歌曲,这种石头叫木鱼石,是禹余粮的一种。

说到禹余粮,那是春节前的事了,我们在绍兴名人馆里参观大禹治水篇章时,发现了一张大禹治水的行踪地图。地图上标注着夏履桥、禹穴、禹迹寺、禹余粮山等地名,我仔细一看,禹余粮山居然就在我老家附近。我的家乡还有大禹的行踪?我兴奋地打开百度,搜寻关于大禹和禹余粮的信息。

传说大禹入剡溪治水,其妻涂山氏想念大禹,便做了一篮馒头给他送去。到了禹溪了山一带,她看到一头野猪在拱山,觉得非常好奇,就拍了一下猪屁股,野猪受到了惊吓,一声惊吼,把涂山氏惊倒在地,篮子里的馒头滚了一地。野猪摇身一变成了大禹。滚落的馒头,就变成了禹余粮石。

后来,我又在百度里查到了禹余粮的药用价值。禹余粮是一味矿物质本草,明代李时珍在《本草纲目》中记载:

"禹余粮,乃石中黄粉,生于池泽,其生山谷,疗血闭瘕症,止赤白漏下。"现代科学认为,禹余粮为氧化物类矿物,对治疗止血有特别疗效。

传说归传说,石头可以做成药材？我便想去探个究竟。

我们按图索骥来到禹溪了山,四处寻找禹余粮石。在上山的石壁上,我找到了一些嵌在土层里的石头。根据百度描述,禹余粮石像垒球般大小,颜色呈棕黄色,外皮有一圈圈圆晕。眼前的石头似乎与百度的描述很相近,我不禁大叫起来"禹余粮！"叫声引来了守山的老人,老人眯着眼睛看了一眼,说:"不要大惊小怪,禹余粮已经多年没看到了,你这个石头是一般的玄武岩球。"我的心一下子跌到了谷底。老人又指着山腰处一片房子,说:"喏,原来产禹余粮的地方已经成了一片厂房和民居了。"

唉！禹余粮已被人们采挖殆尽,而盛产这种名贵药石的地方,也已经面目全非。此时,耳边又响起了那首歌"有一个美丽的传说……"禹余粮石只能变成传说,宝藏永远被封印了。